모두 선물이엿다

믿음은
바라는 것들의 실상이요

_ 히브리서 11장 1절

모두 선물이었다

김정임 지음

지리산에서 인도네시아 바탐으로의 여정,
그 삶이 모두 선물이었다

렛츠북

차 례

3장 — 다시 태어나도 가고 싶은 땅 바탐, 인도네시아

4장 — 넘치는 잔

추 천 사

　김정임 선교사의 《모두 선물이었다》 출판을 기뻐하고 축하합니다. 선교사가 보고서나 자서전을 쓸 때 사실보다 과장하고 극적으로 묘사하고 싶은 유혹을 받을 때가 있습니다. 그런 이야기가 독자들에게 인기가 있어 보이기 때문입니다. 그런 책을 쓴 사람 중에는 사방으로 다니며 자신을 선전하고 딴짓을 하는 이들이 있는데 그럴수록 어떤 사람들은 그들을 더 좋아하고 칭찬하기도 합니다. 그들이 어울려 결과적으로 선교를 혼탁하게 합니다.

　김정임 선교사의 이 책은 좋은 책입니다. 나는 그들을 학창 시절부터 지리산 시절, 선교사 훈련, 사역과 은퇴에 이르기까지의 일생을 여러 곳에서 수시로 보았기 때문에 이 책이 사실을 왜곡하고 과장하거나 들락날락하며 꾸민 이야기가 아님을 압니다. 그들의 수고를 자랑하기 위해 쓴 책이 아니라는 것도 압니다.

언젠가 바탐 섬에서 김동찬 선교사와 동네 청년들과 함께 축구를 하는데 그들이 연발로 외치던 말이 있었습니다. "빨리 빨리!" 그곳에서 가장 먼저 인도네시아 말이 된 한국어입니다. 그들은 늘 그렇게 하나가 되어 모두 함께 살았습니다. 그 세월 이 어느덧 빨리(?) 지나고 은퇴해서 귀국하였습니다. 그리고 지나간 날들, 쌓아놓은 아끼고 그리운 이야기를 이 책에 담았 습니다. 담담하고 진솔하게 쓴 이들의 신실한 삶의 여정과 힘 겨웠으나 보람찼던 선교 사역의 이야기는 단순히 자서전적 차 원을 넘어 훌륭한 한국 선교사의 역사적 기록으로 남을 것입 니다. 아울러 이 책을 읽는 이들은 진실한 그리스도의 제자와 선교사의 일생이 어떤 것인지를 느끼는 감동과 교훈을 받을 수 있을 것입니다.

서 정 운

전 장로회신학대학교 총장

김정임 선교사의
《모두 선물이었다》를 읽고

설교학에서 가르치는 설교 방식 중 하나는 이야기식 설교입니다. 신대원 다닐 때 외에는 설교학을 배운 적이 없는 저는 이야기식 설교를 학문적으로 설명할 만한 지식이 없습니다.

그러나 왜 설교가 이야기가 되면 좋은지는 알 것 같습니다. 그것은 하나님께서는 이야기를 만드시는 분이며, 이야기를 들려주시는 분이기 때문입니다. 세상의 존재, 그 안에 사는 사람들의 존재와 삶, 사회와 국가 안에서 이루어지는 온갖 일들이 다 하나님으로부터 비롯되었습니다. 하나님은 그 자체로 모든 이야기의 샘이십니다. 그리고 하나님께서는 이야기를 들려주시기도 하시는데, 그게 말씀입니다. 구약 시대에는 선지자들을 통해서 들려주셨고, 예수님께서도 무수한 이야기를 들려주셨으며, 그 후에는 복음의 종들을 통해 지금까지 이야기를 계속하십니다. 신앙을 전수하는 방법도 이야기입니다. 신명기 6장의 쉐마에서는 부모가 자녀에게 부지런히 가르치라고 했는데, 결국 무릎 앞에 앉아 후손에게 이야기를 들려주는 것이라 하겠습니다.

그러나 이야기라고 다 좋은 것은 아닙니다. 희극이 있는가 하면, 비극이 있습니다. 일부에게만 좋은 이야기가 있는가 하면, 모두에게 좋은 이야기가 있습니다. 자신을 자랑하여 이맛살을 찌푸리게 하는 이야기가 있는가 하면, 모든 이에게 눈물과 기쁨을 주는 이야기가 있습니다.

김정임 선교사의 글도 이야기입니다. 태생부터 수줍은 처녀로 한 신학생의 아내가 되어 농촌 목회자의 아내로, 선교지에서 선교사의 아내 겸 선교사로 살아온 삶 자체가 하나의 파노라마 같은 이야기입니다.

더구나 김정임 선교사님의 글에는 사람의 이야기만 있는 게 아니라, 페이지마다, 행간마다 하나님의 손길이 나타나 있어서 더 좋습니다. 이 책에 실린 이야기는 선교사님의 이야기일 뿐만 아니라, 하나님께서 선교사님을 사랑하시고, 함께하신 은혜의 이야기입니다. 인도네시아 바탐에서 날마다 이슬람 성직자의 설교를 반강제적으로 들어야 했는데, 교회의 설교와 다를 바가 없었는데, 거기 '은혜'라는 말은 없었다는 구절이 마음에 남습니다.

　김정임 선교사님의 책을 읽노라면 처음엔 주님과 복음에 대한 사랑과 헌신에 감탄하다가, 나중에는 부끄러움을 느끼게 됩니다. 저도 그랬습니다. 선교사님 부부가 헌신하고 수고할 때, 난 무엇을 했는지 생각했습니다. 선교사님 부부의 헌신과 사랑을 하나님께서 하늘의 상급으로 갚으실 것입니다.

　혹시 지금 갈증을 느끼시나요? 청량하고 시원한 샘물이 필요하신가요? 그렇다면 이 책을 권합니다. 시원함과 함께 영혼이 씻겨나가는 기쁨을 줄 것이며, 예수님을 믿는 것이 무엇인지 다시 생각하게 해줄 것입니다.

　귀한 선교사님을 김동찬 선교사님과 부부로 묶어 이 시대에 선물로 주신 하나님을 찬양합니다. 책 제목 그대로 두 분 모두 선물입니다.

김 운 성
영락교회 담임목사

추 천 사

김정임 에세이 《모두 선물이었다》를 읽으면서 '절망이 희망이 되고, 고통과 광야의 체험들이 결국은 모두 선물이 되는 기적 같은 이야기'임을 알게 되었다. 김정임 작가는 코로나 팬데믹으로 모든 것이 막혀있을 때, 지나온 인생 여정과 인도네시아에서의 32년 사역을 돌아보며 이 책을 썼다. 이 책을 읽는 독자들은 분명, 김정임 작가처럼 '내 삶도 모든 것이 선물이다'라고 고백하게 될 것이다. 이 책의 특징은 다음과 같다.

첫째, 인생의 절망과 고통을 긍정과 희망으로 바꾸어 가시는 위대한 하나님 아버지의 능력이 담겨있다. 김정임 작가는 어린 시절의 가난과 역경, 지리산 자락에서 생비량교회를 개척하면서 겪었던 어려움, 그리고 낯선 땅 인도네시아에서 32년간 체험했던 모든 어려움을 하나님 아버지와 의논하면서 결국은 '모든 것이 선물이다'라는 고백으로 인생 대하드라마를 엔딩하고 있다. 이 책은 남편 김동찬 선교사와 믿음으로 성장한 세 자녀와 함께 일궈낸 감동이 있는 인생 찬가이다.

둘째, 절망을 희망으로 바꾼 위대한 신앙 승리의 노래이다. 인간적으로 보면, 도저히 답이 없고 희망이 없을 것 같은 상황에서도 김정임 작가는 하나님을 의지하면서 인생을 살아냈다. 아무리 어려워도 포기하지 않았다. 그것은 어린 시절부터 쌓아온 광야 훈련의 힘이었고, 전능하신 하나님 아버지께서 내 기도를 들으신다는 믿음이었다.

셋째, 기록의 위대함을 보여주는 책이다. 글로 표현하는 것은 말로 백 마디를 하는 것보다 힘이 세다. 인생의 고비 고비마다 겪은 어려움을 한 땀 한 땀 기록하면서 김정임 작가는 위로를 받았고, 절망의 환경을 기적과 같은 긍정과 희망으로 바꾼 삶의 이야기를 한 권의 책으로 완성했다. 이 기록된 한 권의 책이 절망하고 있는 누군가에게 희망과 믿음의 손을 내미는 선물이 되리라 확신한다. 절망 속에서도 희망을 향해 걸었던 여정을 기록한 이 책은 읽는 모든 사람에게 분명한 희망을 선물해 줄 것이다.

박 성 배
코칭전문작가

프롤로그

인도네시아에서 살아온 지 서른두 날이 지난 것 같은데 어느새 삼십 이년이 지나갔다. 계절 변화가 없는 이 나라에서 시간은 정지된 듯 흘렀다. 우리는 조금 일찍 영구 귀국을 했다. 지금까지 살아온 날들을 천을 짜듯 엮어보았다. 이 이야기가 나와 같은 아픔을 겪는 이들에게 선물이 되었으면 좋겠다.

오늘 아침에 밥을 먹을 때 갑자기 맑던 하늘에서 비가 쏟아졌다. 나는 그 비를 보면서 옆에 있는 남편에게 말했다.
"나는 어릴 때, 비가 오는 날은 심란하고 우울했어요. 왜 그렇게 비가 싫었을까?"
그리고 나도 생각지 않은 것을 입이 말하고 있었다.
"아! 비 오는 날은 아버지가 집에 계셨네!"

나는 어릴 때 노는 것을 제외하면 잘하는 것이 없었다. 늦은 밤 동네 어른들이 시끄럽다고 어서 가서 자라고 소리를 칠 때까지 신나게 놀다 친구들과 슬금슬금 각자의 집으로 돌아갔다. 집으로 가는 게 싫었던 것은 아버지 때문이다. 학비를 제때 내지 못하고 공부를 못해 학교에서 외톨이였다. 늙고 가난한 아버지의 딸이라서 날마다 자라는 것은 열등감이었다. 그래서 어린 나이임에도 세상은 잿빛이고 마음은 우울했다. 나에게 희망이라는 것과 미래가 있을 것 같지 않았다.

고등학교 다닐 때 오빠가 물었다.

"너는 예수님을 믿니?"

이 질문에 쉽게 대답할 수 없었는데 믿는다고 말하면 거짓말이고 안 믿는다고 말하면 지금까지 교회에 다닌 것을 부정해야 하니 자존심이 상할 것 같았다. 그 질문이 마음을 괴롭혔지만, 예수님의 존재에 대해 사유하게 했다. 어려운 형편으로 마음이 힘들 때마다 지푸라기라도 잡아보려는 심정으로 나는 밤에 교회 기도실에 앉았는데 그러면 이상하리만치 어렵다고 생각한 일들이 해결되었다. 처음에는 우연이라고 여겼지만 기도할 때마다 길이 열리고 이루어지는 것을 경험하면서 예수님을 조금씩 알게 되었다. 그리고 그 기도실에서 예수님을 만났다. 삶의 정황이 바뀐 것은 아닌데 예수님을 만나면서 기쁨이 생겼다. 그리고 가슴에 박힌 열등감은 어떤 일을 더 열심히 하려는 이유가 되었고, 힘들고 우울했던 날들은 지금의 삶을 지탱해 주는 견고한 지지대가 되었다.

모두 선물이었다

하늘이 아름다운 것은 구름이 있어서다. 날마다 변화무쌍한 구름은 하늘을 풍요롭게 하고 그 구름이 어두워지는 날은 비가 된다. 하늘은 어두울수록 비가 두껍게 내려온다. 비는 이 땅에서 호흡하는 모든 만물의 생명이 된다. 우리의 삶이 어두워도 괜찮은 이유는 우리도 언젠가 비가 될 것이기 때문이다.

이제는 술만 드시면 가족을 괴롭게 했던 아버지, 한 이불 덮고 살던 형제들이 있어서 감사하다. 사십 년 같이 산 남편은 내가 어떤 일을 하든지 지지하고 격려해 주었다. 현실보다는 이상을 향해 달려가는 부모로 인해 고생한 우리 아이들이 잘 자라서 각자의 자리에서 견고하게 서 있는 것이 고맙다. 지금까지 함께 걸어온 사람들, 죽을 만큼 아팠던 날들, 고통스러운 일들이 모두 선물이었다.

이 책이 세상에 나오도록 도움을 주신 김형호 선교사님, 박성배 목사님 그리고 렛츠북 류태연 대표님께 감사드린다.

2025년 1월

김 정 임

1장

절망이 품고 있는 희망

찬스 카드 • 아버지 • 나를 바꾼 십 분
과거와 화해 • 죽음이 삶에게 주는 선물

네 입을 크게 열라
내가 채우리라

_ 시편 81편 10절

찬스 카드

―――――――

그날 학교로 향하는 걸음은 무겁기만 했다.

'하나님이 오늘 나를 어떻게 인도하실까?'

학교로 가고 있지만, 발이 천근만근이었다. 전날 밤, 열두 시에 교회에 가서 기도하다 삼월의 냉기가 가득한 기도실에서 쭈그리고 잠이 들었다. 눈을 떴을 때는 옆에 빈틈이 없이 교인들이 앉아있었고 새벽예배는 이미 시작되었다. 맨 뒤의 구석에 앉아있는 나는 눈이 부어 뜨기도 어려웠다.

언제든 밤에 교회 기도실에 가면 열댓 명이 띄엄띄엄 앉아 기도했다. 여자 어른들과 간혹 청년들이 있었다. 어떤 분은 방언으로 쉬지 않고 그 밤이 샐 때까지 기도했다. 크고 작게 기도하는 사람들의 기도 소리가 어두운 방을 가득 메웠다. 가난하고 어려운 시절을 살아내기 위해 기도실을 찾아 기도하는 분들이었다. 나도 그 기도실을 찾을 때는 앞이 보이지 않는 때였다. 대학교 시절 등록금을 낼 수가 없을 때, 삶에 파도처럼 밀려오는 어려움과 고난이 있을 때 의지할 사람이 없었다. 그래서 하늘 아버지께 기도하면서 그 자리에서 잠이 들곤 했다. 믿음이 있는 것도 아니었다. 그 자리가 유일한 탈출구였다.

그날은 새벽예배가 끝났지만, 일어서지 못하고 눈물만 났다.

"주님, 도와주세요. 오늘이 마지막 추가등록일입니다."

간절한 마음으로 기도하는데 마음을 스치는 음성이 있었다.

"다 이루었다. 다 이루었다. 다 이루었다."

내 마음이 다급하고 간절해서 스스로 생각한 것이라고 여겼다. 어둡고 무거운 마음으로 교회 문을 나서는데 아침 해가 환했다. 교회 정문을 나서면서 '이렇게 학교를 그만두게 되는 건가?'라는 생각이 밀려왔다. 학교에 가고 싶지 않았다. 친구들은 관심과 사랑으로 등록금을 냈느냐고 묻는 말이지만 여러 번 듣다 보면 부끄럽고 자존심도 상했다.

"주님! 이 세상을 지으셨다면서요. 모든 것이 당신 것이라면서 왜 나는 힘듭니까? 왜 부끄럽게 살아야 합니까?"

친구들의 관심이 부담스럽지만 그래도 끝까지 내가 할 수 있는 일을 하자는 생각으로 학교에 갔는데 이미 오전 수업을 마친 친구들이 잔디 위에서 봄볕을 쬐고 있었다. 터덜터덜 걸어 올라가는 나에게 한 친구가 달려와 물었다.

"등록금 됐어?"

"아니."

"그래? 기다려 봐!"

공중전화 박스로 간 친구는 어디론가 연락하더니 친구를 만나고 오겠다고 수업도 빠지고 달려갔다. 두어 시간 후에 온 친구는 어서 등록하자고 했다. 은행에 다니는 그의 친구는 내 사정 이야기를 듣더니 여러 말 없이 돈을 빌려주었다. 봉투 속에는 등록금과 함께 글을 담아 보냈는데 이렇게 쓰여있었다.

❖ **딸아 안심하라 네 믿음이 너를 구원하였다**
- **마9:22**
돈은 언제든지 갚을 수 있을 때 갚으세요.

새벽에 들렸던 음성이 하나님이 주신 음성으로 되살아났다. 하나님이 기도에 응답하시는데 내가 생각하지도 못한 방법으로 하셨다. 때로는 기도가 응답이 되지 않고 길을 멀리 돌아가는 것 같아 애타고 실망하지만, 기도의 자리에 있으면 지름길이 펼쳐졌다. 어려움, 고통, 아픔이 내 삶을 흔들 때마다 나는 길을 만났다.

고등학교 때부터 철야기도를 하러 교회로 갔던 것을 보면 내가 사는 것이 녹록지 않았다는 생각이 든다. 집에서 교회에 가려면 30분을 걸어가야 하는데 한강교에서 흑석동 쪽으로 나 있는 도로의 가로등은 희미한데 길옆 언덕이 울창한 나무로 뒤덮여 있어서 밤이나 새벽녘 그 길을 걸어갈 때 그 어두움이 그렇게 무서울 수 없었다. 다른 사람들처럼 밤새도록 잠을 자지 않고 기도한 것도 아니다. 기도하다 그 자리에서 잠들기 일쑤였는데, 기도하면 하나님이 길을 열어주셨다. 나의 믿음은 그 기도 자리에서 시작되었다.

앞이 보이지 않을 때, 걱정과 어려움이 파도처럼 몰려올 때, 내 힘으로는 저항할 수 없기에 늦은 밤 기도실에 앉아있으면 하나님이 그분만이 소유한 찬스 카드를 내밀어 주셨다.

모두 선물이었다

아버지

어린 시절, 아버지는 집에 일찍 오시면 나에게 막걸리 받아오라고 심부름을 시키셨다. 그리고는 주머니에서 동전 몇 개를 꺼내주셨다. 나는 주전자를 들고 가게에서 막걸리를 받아오면서 한 모금씩 홀짝홀짝 마시며 집으로 돌아왔다. 어머니 나이 마흔셋에 막내인 나를 낳으셨는데 내가 여섯 살 때, 시골 전답을 팔아 서울로 상경한 우리 아버지는 배운 것이 많지 않고, 가진 재산도 없고, 든든한 지원군이 있었던 것도 아니라 고단한 서울에서의 삶을 사셨다.

호적에 일 년 늦게 올려진 나는 아홉 살에 초등학교에 입학했다. 친구들보다 일 년 늦게 입학한 나는 입학통지서를 받고 학교 갈 생각에 좋아서 잠이 오지 않았다. 아버지는 입학하는 딸을 위해 검정색 책가방을 사오셨다. 남자 가방이라 싫다고 우는 나에게 아버지는 한마디 하셨다.

"검정색이 더 질기다."

그 이후로 학교에 가면 남자아이들의 놀림 대상이 되었던 것을 아버지는 모르셨다.

아버지는 거의 매일 술을 드시고 집에 오셨다. 술을 많이 드신 날은 집이 전쟁터로 변했다. 어머니를 괴롭게 했다. 성격은 불같고, 어린 내가 봐도 별일 아닌 것 같은데 그걸로 문제 삼아 어머니와 싸웠다. 그래서 아버지는 폭군이고 어머니는 착해서 늘 아버지에게 당하는 불쌍한 사람이라는 생각을 어릴 때부터 가졌다.

'인생을 왜 저렇게 살까?'

어릴 때부터 아버지를 보면서 들었던 생각이다.

"왜 술을 드세요?"

"장사하러 돌아다니다 허기진 배를 채워야 하는데 밥을 먹으려면 너무 비싼데, 막걸리를 먹으면 시장기가 가신다."

늘그막에도 그렇게 술을 드시다 저녁 집에 돌아올 때면 기운이 없어서 길에 쓰러져 주무시곤 했는데 어쩌다 길에서 마주치면 부끄러워서 모른 척하고 지나가곤 했다. 아버지는 좋은 추억보다는 아픔과 상처를 가족에게 주었다. 아버지가 돌아가셨다는 소식을 들었을 때 슬프지 않았다. 가슴속 아픈 상처들이 눈물마저도 앗아갔다. 아버지를 생각하면 따뜻함이 없었다.

집 앞 잡초가 무성하게 난 빈 땅을 그날 오후에도 걷고, 뛰면서 수십 바퀴를 돌았다. 그러다 내가 날마다 밟아 위로 자라지 못하고, 땅에 붙어 생명을 유지하는 잡초들이 눈에 들어왔다. 그 순간 나오는 말이 있었다.

"아! 이게 아버지의 인생이셨구나."

밟히고 밟혀서 위로 올라가지 못하면서도 생명은 유지하는 잡초와 같은 삶을 살다 가신 아버지가 떠오르면서 나도 모르게 눈물이 흘렀다. 사람들에게 밟혀, 세상에 밟혀서 땅에 몸을 납작 붙이고 살았을 아버지가 떠오르면서 아버지의 삶이 조금씩 이해되었다.

가난한 나라에서 태어나 어머니 열다섯 살, 아버지 열여덟 살에 혼인해서 가정을 꾸리고, 6·25 전쟁통에 둘째 오빠를 낳아 먹을 것을 구하기도 어려웠을 때, 삶과 죽음의 고비에서 또 다른 짐을 지게 되셨으니 아직도 나이 어린 아버지는 얼마나 무섭고 힘드셨을까? 식민지를 거치고, 전쟁을 거치면서 어린 아버지는 얼마나 많은 트라우마를 갖게 되었을까? 내 아버지의 아버지는 장남인 아버지를 그리도 때리셨다고 하던데, 할아버지의 아프고 고단한 삶의 트라우마까지 장남인 아들이 짊어지고 살았을 것을 생각하니, 우리 아버지가 정상적인 사람으로 살아갈 수 없었겠다는 생각에 눈물이 펑펑 쏟아졌다.

아버지에게 술은 자신을 잊게 하고, 아픔을 잊게 하고, 고단한 삶을 지탱해 주는 것이었기에 술이 없으면 살 수 없었겠다고 생각하니 술에 취한 아버지에게 나쁘게 말하고, 존중해 드리지 못한 게 미안했다. 아버지가 옆에 계시면 꼭 안아드리고 싶었다. 아버지에게 필요했던 것은 비난이 아니라 아버지를 그냥 받아주고, 우리 때문에 고생한다는 말이었을 텐데, 그걸 몰랐다. 아버지가 우리 곁을 떠나고 나서야 아버지의 존재를 알게 되니 마흔이 훨씬 넘어서야 철이 드나 보다.

아버지는 성실한 분이셨다. 허튼 데 돈을 쓰는 분도 아니고, 아무리 아픈 날도 쉬지 않고 하루 벌어 하루 식구를 먹이면서 너절한 옷을 입고 평생을 사셨다. 아버지 허리에 묶인 꼬질꼬질한 네모난 주머니에 두 개의 지퍼가 있었는데, 나는 그 속에 돈이 얼마나 들어있는지 몰랐지만, 아버지는 항상 쌀이 언제 떨어지고, 연탄이 언제 떨어질지 알고 계셨다. 그리고 오빠와 내 학비가 언제 나가야 하는지 날짜를 세고 계셨다. 어릴 때 죽을 너무 많이 먹어서 죽을 싫어했던 아버지는 눌린 보리쌀이 섞이고 오래되어 찰기가 없는 정부미를 사다 쌀독이 비지 않게 신경 쓰셨다. 그래서 밥을 굶는 일은 없었다. 그러나 오빠나 나는 학비를 제때 낸 적이 별로 없었다. 오빠는 학교에서 쫓겨오기도 했다.

아버지는 늘 돈이 없다고 하시면서, 몸이 아프다고 끙끙 앓다가도 아침이 되면 어김없이 장사하러 가셨다. 그때 나는 그 아픔이 어떤 것인지 몰랐다. 돈이 없다는 소리도 무슨 소린지 잘 몰랐다. 나는 크면 절대 아버지처럼 살지 않아야겠다고, 아이들에게 돈이 없다는 말은 하지 말아야겠다고만 생각했다.

이제 아버지의 나이가 되어보니 혈액순환이 안 돼서 자고 일어나면 두들겨 맞은 것처럼 온몸이 아플 때가 있다. 아버지

모두 선물이었다

는 평생 냉방에서 사셨으니 얼마나 많이 아프셨을지 이제 알겠다. 그때, 아버지는 엄살이 많다고 생각했다. 그러나 하루를 먹고 사는 일, 가족을 챙기는 일이 얼마나 힘겨운 것인지도 이제는 안다.

아버지는 고향에 갔다 오면 쌀 한 가마니를 짊어지고 오셨다. 시골에서 농사짓는 동생이 주는 쌀을 노량진역에서부터 흑석동 산동네까지 짊어지고 오셨다. 나이가 육십이 넘으셨을 때도 그 무거운 쌀가마니를 짊어지고 오셨다. 아버지에게 가족은 허리가 다 구부러져도 평생 먹여 살려야 하는 짐이었지만, 아버지는 그 짐을 내려놓지 않으셨다. 동생에게 쌀을 받아오려면 무거운 쌀의 무게만큼 자존심이 상하셨겠다는 생각이 이제야 든다.

날마다 운동장으로 삼던 그 빈터 밖에는 커다란 야자나무한 그루가 서 있다. 나무의 커다란 잎이 바람이 부는 대로 따라가며 흔들리다 바람이 많이 부는 방향으로 그 큰 잎들이 쏠려있다.

'아, 우리 아버지는 저 나무 같은 존재였구나!'

살아가기에 만만치 않은 이 세상이라는 뜨거운 햇빛을 막아주고, 태풍에서 우리를 지탱해 준 분이라는 것을 깨달았다. 지금 내가 이 자리에 있는 것이 그냥 주어진 것이 아니라, 내가 열심히 살아서가 아니라, 그리도 좋아하지 않던 아버지가 그 어려움 속에서도 우리를 놓지 않고 버팀목이 되어주었기에 가능한 일이라는 것을 알았다.

훨씬 더 일찍 알았더라면 우리 아버지가 그렇게 외롭게 살다 가시지 않게 했을 텐데, 내가 아프다고, 내 상처가 당신 때문이라며 나만 바라보다 아버지의 아픔과 아버지의 상처 그리고 고뇌와 고통을 알지 못하고 이 세상에서 다시 볼 수 없는 곳으로 떠나보냈다. 아버지를 한 번만이라도 꼭 안아드릴 수 있다면 얼마나 좋을까.

모두 선물이었다

나를 바꾼 십 분

어릴 때 동네 마당에서 아이들과 땅따먹기 놀이할 때, 검지를 한껏 구부려 말이 더 멀리 가게 해서 조금이라도 더 많은 땅을 소유하려고 거칠게 경쟁했다. 내 땅이 점점 넓어지면 기분 좋고 맘대로 되지 않으면 의기소침해지곤 했다. 그러나 해가 떨어지면 작은 돌멩이 몇 개가 내 땅이라고 여겼던 그 위에 남겨진 채 집으로 돌아갔다. 발걸음이 쓸쓸했다. 집이 텅 비어 있기 때문이었다.

중학교 입학통지서를 받은 날 마냥 걸었다. 등록금이 없었다. 옆집 언니의 교복을 받아 삐뚤빼뚤 단추 구멍을 하나 더 만들고 팔 길이를 줄였다. 이제 십 대인 나는 책가방보다 사는 게 더 무거웠다.

학교에 갈 때마다 마주치는 사람들이 있었다. 아주머니들이 움츠리고 앉아 길가에서 몇 개 안 되는 사과를 나무 궤짝 위에 올려놓고 팔았는데, 스산한 늦가을 길에 뒹구는 낙엽같이 고단한 그분들의 하루가 아팠다. 세상은 울퉁불퉁한 잿빛이었다. 하나님은 없는데 한계를 넘어설 수 없는 약한 인간이 신을 만들어 놓고 기대는 것이라고 여겼다.

사는 게 버겁고 그 짐이 무거워 어깨를 늘어트리고 살다 보니 편두통이 붙어 다녔다. 생각은 염세적이고 비판적이어서 세상을 삐딱하게 보고 삶에 희망이 없었는데 일요일에는 교회에 가서 어려울 때는 지푸라기라도 잡고 싶었다. 습관적으로 교회에 다닌 것이 다행이었다. 그렇지 않았더라면 지금의 나는 없다. 삶은 수많은 우연이 모여서 이루어지는 것이라고 여기지만, 우연이라는 게 과연 있을까?

고등학교 3학년이 되어 결심했다. 5교시가 끝난 후 쉬는 시간을 이용해서 십 분 동안 성경을 읽었다. 마태복음은 시작부터 나오는 족보 이야기가 지루해서 다음 장을 넘기지 못하고 성경을 덮은 적이 여러 번 있어서 마가복음에서 시작했다. 십 분의 짧은 시간이지만 매일 성경을 펴니 일 년 동안 신약을 두 번 읽었다. 처음부터 재미있었던 것은 아니다. 그 시간이 되면 마음먹은 것이라서 그냥 읽었다. 그러나 시간이 지나면서 성경이 모두 나에게 하는 이야기로 들리고, 말씀이 꿀처럼 달다는 것을 경험했다. 글자에 불과했고 나에게 아무런 의미가 없던 성경의 구절들이 나에게 하는 말씀으로 여겨져서 그 말씀대로 살아야겠다고 결심했고, 나와 너무 멀게만 느껴졌던 예수님을 만나고 삶의 의미와 목적이 생겼다.

매일 다니던 길이 새롭게 보이고 늘 마주하던 일상 속의 사물이 아름답게 느껴졌다. 지나쳤던 나무의 잎사귀 하나하나가 생기가 넘치고 그들이 나를 향해 환하게 웃으며 손을 흔들고, 하늘은 눈이 부시도록 아름다웠다. 일상이 새로운 의미가 되어 다가왔다. 마음속에서 기쁨이 송송 솟아나고 발은 구름 위를 걷는 것 같았다. 잿빛 세상 속에 분홍빛도 있었다. 염세적이고 허무한 생각이 벗어지고 지금까지 경험하지 못했던 기쁨이 올라왔다. 다른 사람이 보이고 이타적인 삶을 살고 싶은 변화가 시작됐다. 내 안에 존재했던 부정적인 것이 바뀌면서 생각은 자유로워지고 가난이 부끄럽지 않고 열등한 날들도 감사로 바뀌었다. 인생에 대해 생각을 많이 했던 만큼 어떻게 살아야 일회적인 인생을 보람있게 사는 것인지를 고민하게 되었다.

그 어린 시절 땅따먹기 놀이하면서 친구들보다 한 뼘이라도 더 넓은 땅을 소유하려고 안간힘을 쏟아붓지만 해가 떨어지고 집으로 돌아갈 때는 누구의 것도 아니었다. 집으로 돌아갈 때는 선을 이어놓은 그림일 뿐이었다. 우리 삶에도 해가 저무는 날이 오면 지금 소유하고 있는 것이 땅에 그려놓은 그림이 되고 빈손으로 돌아갈 것이다. 하루 십 분이지만 청소년 시절, 삶과 인생에 대해 고민할 때 성경을 읽으면서 그 답을 찾고, 하나님과 하나님의 나라를 만났다. 이 땅의 것이 아닌, 하늘에 속한 것을 소유하게 되었다.

과거와 화해

결혼식 날 아침 일찍, 아버지는 이발소에 다녀오겠다며 나가셨다. 단정하게 머리를 깎고 들어오는 아버지는 술에 취해 걸음걸이가 흔들거렸다. 오전에 결혼식이 있는데 아버지가 술에서 깰 것 같지 않았다.

"아, 어떡하지?"

웨딩마치 때 내 손을 잡은 아버지가 좌우로 비틀거리며 걷는 모습을 생각하니 아찔했다. 무거운 마음으로 미용실로 갔는데 머리는 미용사가 단장해 주었고 화장은 친구가 해주었다. 얼마 전 결혼한 친구에게 빌린 드레스를 입고 미용실에서 나와 조금 떨어진 택시 승차장에 길게 늘어선 사람들 때문에 차례를 기다리다 결혼식에 늦을 것 같아 드레스를 손으로 걸어 올리고 택시 승차장으로 성큼성큼 걷는데 주변 모든 사람의 시선이 내게 모이는 것처럼 느껴졌다. 앞에서 택시를 기다리던 아저씨가 다행히 합승해 주었다. 대학 4학년 4월, 그렇게 불안한 결혼식이었다.

결혼을 위한 자금이 있었던 것도 아니다. 형부와 언니가 준 백만 원이 전부였다. 친구들이 남대문 그릇 도매시장에서 압

력밥솥, 대접 스무 개, 수저와 젓가락 스무 개 등 필요한 것을 준비해 주었다. 친구들이 사준 살림살이는 신혼 선물이라기보다는 시골교회 전도사 아내로 떠나는 내게 목회 잘하라고 싸주는 격려로 여겨졌다.

신부의 일생 중 가장 행복하고 빛나는 날인 결혼식이 떠오를 때마다 부끄러워서 누구에게도 결혼식 날에 대해 말하지 못했다. 교회에서 하는 결혼식이라서 더 그랬다.

"아버지는 왜 그날 아침에 술을 드셨을까?"

나이 들면 철이 든다고 하던데 이제는 조금 철이 들었는지 아버지의 마음을 조금 알 것 같다. 몸은 점점 약해지고 아픈 데는 많아서 얼마나 살지 알 수 없는 아버지는 그 나이까지 한 방에서 같이 살았던 막내딸에게 하고 싶은 이야기가 있었을 것이다.

"딸아 사랑한다, 네가 시집가면 허전해서 어떡하니?"라고.

아버지는 결혼식이 끝나자마자 시골로 떠날 막내딸이 고생하며 살 생각을 하니 걱정되고 쓸쓸해서 가슴 한구석이 무너져 술로 채웠는지도 모른다. 하루하루 사는 일이 버거운 우리 가족은 마음을 꺼내는 게 서툴렀다. 그래서 함께 살 때 따뜻한 말, 격려하는 말, 힘을 주고 위로가 담긴 말을 꺼내지 못하고 살았다.

어릴 때부터 부끄러운 경험이 많았던 나는 부끄러움이라는 틀에 갇혀 살았다. 그래서 어떤 일이든지 받아들일 때 자신이 없고 수치심을 많이 느꼈다. 사람의 뇌는 어떤 경험이든지 반복하면 더 익숙한 쪽으로 잡아당겨 강화되고 덜 익숙한 것은 받아들이지 않고 거부한다고 한다.

이제 돌이켜 보면 일흔의 나이가 가까운 할아버지가 술에 취해 딸의 손을 잡고 비틀거리며 걸어가면 어떻고, 그것을 보고 사람들이 수군수군한들 어떠하랴! 사람들의 말이 내 삶에 영향을 줄 것이 아닌 것을. 나이 들면서 조금씩 철이 들고 타인을 이해하고 내 과거와 화해를 하나 보다.

결혼식 날 아버지가 술에 취해 비틀거리며 내 손을 잡고 웨딩마치를 함께했던 것이, 아버지의 아픈 마음, 딸을 향한 따뜻한 마음이었다는 것을 알기까지 수십 년의 세월을 돌아왔다. 이제는 부끄러움의 실체가 내 속에 나도 모르는 장소에 보관되고 숨어있는 수치심이 건드려져서 올라오는 것이고 사람의 시선을 두려워했기 때문이라는 것을 알겠다.

모두 선물이었다

죽음이 삶에게 주는 선물

엄마는 평생 자식만을 위해 살고 좋은 것, 맛있는 것은 자식들에게 다 주었다. 식구가 많아 닭 한 마리를 사면 솥에 물을 가득 부어 끓여 먹었는데, 엄마는 고기를 우리 그릇에 담아주고 국물과 닭 껍질만 드셨다.

"엄마, 고기 좀 드세요."

"괜찮아, 너희들 많이 먹어라. 나는 껍질이 더 좋아."

이제 나이 들어 아이들을 키우면서 엄마 마음을 알겠는데 그때는 엄마가 정말 닭 껍질만 좋아하는 줄 알았다.

학교에서 부모님을 모셔오라면 걱정이 앞섰다. 친구들의 엄마는 젊은데 우리 엄마는 이미 할머니였다. 가난에 절어 늙고 남루해서 엄마가 학교에 오는 것이 싫었다. 애지중지 키운 딸이 자신을 부끄러워한다는 사실을 알면서 엄마는 아무런 내색도 하지 않았다. 엄마가 돌아가시고 나서 마음의 고향을 잃어버린 것을 알았는데 살아계실 때는 엄마의 늙고 힘이 없는 모습이 싫고 부끄러웠다.

늙은 부모님과 같이 사는 탓에 어려서부터 죽음을 많이 생각했다. 자식들 먹여 살리려고 온종일 걸어 다니는 아버지는 잠을 자다가도 아픈 몸을 뒤척이며 신음했다. 한방에 온 식구가 같이 자는데 새벽녘 아버지의 신음에 잠이 깨면 나는 몸속의 피가 갑자기 거꾸로 흐르는 것 같고 몸이 차가워졌다. 아버지가 금방이라도 돌아가실 것 같아 걱정되고 무서웠다. 죽음이 옆에 있는 것 같았다.

나이가 들어서도 병원에 아픈 사람을 방문하러 가는 것이나 내가 아파서 병원에 진료를 받으러 가는 것도 스트레스였다. 어디가 아프기라도 하면 암에 걸려 곧 죽을지도 모른다고 미리 판단하고 무서워 혼자 끙끙거렸다. 죽음이 따라다녔다.

연로한 부모님과 같이 사는 십 대의 나는 우울했다. 연극이 끝나면 배우들이 무대에서 내려오듯 우리도 인생이 끝나는 날 세상이라는 무대에서 내려오면 육체는 땅속에 갇히는 게 될 것이기에 답답하고 무서웠다. 나는 늘 그렇게 죽음과 삶 사이에 끼어 살았다. 그렇게 죽음을 가까이에 두고 살았던 것이 공포였지만, 그래서 내 삶에 많은 유익이 되었다는 것을 이제는 안다. 어떤 이도 거부할 수 없는 것이 죽음이기에 하나님의 존재와 내 존재 의미를 사유하게 되었다.

결혼 후 산골 마을에서 교회를 개척할 때나, 황무지였던 선교지 바탕에서 살 때, 가난한 것도 불편한 것도 어렵고 힘든 것도 견딜만했다. 편한 곳, 안정된 삶보다는 어렵고 힘든 길을 찾아 나설 수 있었던 것은 언젠가는 인생의 끝이 있기에 내게 주어진 삶을 의미 있게 살고 싶었고, 후회 없이 살고 싶었기 때문이다.

지난 세월을 돌아보면 가진 것이 적어도 불행하지 않았고, 하고 싶은 일을 하지 못한 것도 없다. 때로는 불편할 때도 있었지만 어렵고 힘들었던 일이 나를 강하게 만들어 주었을 뿐 아니라 그것을 통과하면서 나와 같은 아픔이 있는 사람이 보였다. 내가 가진 것이 없을 때, 먹을 게 없을 때, 마음이 가난할 때만 보이는 게 있다.

우리는 죽음이 멀리 있다고 여기기에 다른 이보다 더 많은 것을 소유하고 안주하며 살기를 원하지만 모든 것을 가졌다 해도 누리는 것은 잠깐이고, 그것으로 인해 누리는 기쁨이나 행복도 영원하지 않다. 소유와 만족이 비례하지 않는다. 소유욕은 마치 메마른 사막 같아서 아무리 부어도 그 속으로 들어가면 흔적이 없이 말라버린다. 행복은 무엇을 소유해서가 아니다.

육십 대에 이미 이가 다 빠졌는데도 틀니를 할 수 없는 가난한 삶을 살다 가신 우리 어머니와 아버지. 비싼 옷도 좋은 외출복도 하나 갖지 못하고 평생을 사셨던 분들. 평생 아픈 날도 쉬지 않고 일하셨던 아버지. 가난하고 연로하신 부모님으로 인해 어릴 때는 그리도 죽음이 두렵기만 했는데 그것이 오히려 내가 하나님을 의지하며 의미 있고 가치 있는 일에 중심을 두고 살 수 있게 해주었다. 절망은 희망을 품고 있었다.

지리산골

내가 가는 길을
그가 아시나니
그가 나를 단련하신 후에는
내가 순금같이 되어 나오리라

– 욥기 23장 10절

결혼 여행

진주로 내려가는 마지막 버스를 놓치지 않으려고 결혼식이 끝나기가 무섭게 강남 고속버스터미널로 가서 남편 친구들의 배웅을 받으며 버스에 몸을 실었다. 한복도 벗지 못한 채 버스에 몸을 실으니 지난 하루의 긴장이 풀리면서 피곤이 몰려왔다. 버스는 밤 열두 시경에 진주에 도착했지만, 시골로 들어가는 버스가 끊겨서 터미널 옆에 있는 여관에서 잠자고 아침 일찍 생비량교회로 가서 주일예배를 드렸다.

예배를 드린 후, 신혼여행을 떠났는데 남편이 준비한 신혼여행지는 밤나무 산이었다. 주변이 모두 산으로 둘러쳐져 있고 집 앞으로 골짜기를 따라 냇물이 흐르고 그 앞으로 아직 포장되지 않은 신작로에 간간이 차들이 흙먼지를 날리며 달렸다. 그 길가로 논이 있고 논 주변에 집들이 웅크리고 앉아있었다. 밤나무 산은 교회에서 5km 정도 떨어진 곳으로 밤나무 산주인 할아버지는 교회에 나오지는 않지만, 연세대를 나온 분이라 기독교에 열려있는 분이었다. 우리는 밤을 딸 때 일꾼들이 묵을 수 있도록 산모퉁이에 만들어 둔 산막에서 신혼의 밤을 보냈다.

아직 이른 봄이라 밤에는 날씨가 쌀쌀해서 지난가을에 모아 둔 바싹 마른 밤송이 껍데기로 불을 지펴 그 불에 밥을 짓고 장에서 사 온 반찬 몇 가지를 라면 상자에 올려놓고 밥을 먹었다. 작고 누추한 방에 연기가 가득 차 있지만, 군불을 지펴 따뜻해진 방에서 별거 아닌 반찬을 밥과 함께 먹으며 행복했다.

저마다 나뭇가지에서 움이 트고, 산 밑 냇가에서는 물이 쉬지 않고 흐르고, 밤이 되면 온통 새까만 세상과 다르게 산 위로 쏟아지는 별들이 장관을 이루었다. 봄의 합창은 위대했다.

주인집은 멀리 떨어져 있고 그 산에는 우리 둘만 존재했다. 아직 차가운 냇물에 발을 담그고 이제 둘이 함께 가야 할 미래를 이야기하면 냇물도 함께 재잘거리며 흘러갔다. 그렇게 생비량에서의 날들이 문을 열었다.

한 달에 이만 원 월세방에서 신혼을 시작했다. 소를 키우던 외양간을 고쳐서 부엌을 만들었는데 앞쪽이 터져있어서 바람이 불 때마다 날아온 흙먼지가 씻어놓은 몇 개 안 되는 그릇에 앉았다. 찬장이 없었다. 창호지 바른 방문을 옆으로 밀면 우리가 사는 방에는 냉장고와 비닐로 만든 옷장이 하나 있고, 밖은 마당과 밭이 붙어있고 그 옆으로 재래식 화장실이 있었다. 길가 방이라서 사람들의 발소리와 말소리가 집 안으로 들어오고, 주인집 늙은 할아버지는 날마다 우리 방 옆 툇마루에 앉아 하루를 보냈다. 시골은 개인의 삶은 없고 모든 것이 노출되고 함께 사는 삶이었다.

결혼하고 나니 학기마다 시달리던 등록금에 대한 걱정이 사라져서 좋았는데 무엇보다도 남편이 좋았다. 결혼하기 전에는 도망 다녔는데 결혼하고 같이 살면서 내가 생각한 것보다 훨씬 좋은 사람이어서 그 시골에서 그 사람과 사는 것이 좋았다.

혼수로 해온 것이 없어서 살면서 하나하나 장만하는 것도 재미있었다. 꼭 필요한 것은 동네 단위 농협이 있어서 월부로 장만했다. 내게 있으면 나누고 부족하면 부족한 대로 살았지만, 그 시골의 생활은 사월의 볕만큼이나 따사로웠다.

이제 우리 아이들이 모두 결혼했다. 아이들 초등학교 때, 아이들에게 말했다.

"너희들 결혼할 때 US 1,000달러씩 줄게."

그 말을 듣던 초등학생인 셋째가 물었다.

"엄마 그건 너무 적은 거 아녜요?"

"응. 많지 않지. 하지만 우리가 줄 수 있는 게 그뿐이야."

가난한 부모님은 내가 결혼할 때 주신 게 없다. 아니, 줄 수 있는 게 없었다. 키워주신 것만으로도 충분해서 결혼까지 부모님이 도와줘야 한다고 생각하지 않았다. 나도 우리 아이들에게 최고의 것을 주진 못했어도 내가 처한 상황에서 최선을 다해 키웠기에 결혼은 아이들이 알아서 하길 바랐다. 모아놓은 돈이 없고 매달 받는 생활비에서 나눠줘야 하기에 아이들에게는 적지만 우리에게는 적은 돈이 아니었다.

아이들이 결혼할 때 US 1,000달러를 그때 환율로 바꿔 큰딸에게는 130만 원, 둘째인 아들에게는 120만 원, 셋째 딸에게는 환율과 상관없이 100만 원을 주었다. 돈이 없으니 무엇을 사 줘야 할지, 무엇을 준비해 줘야 할지 걱정도 없었다. 아이들이 모든 것을 알아서 했다. 학교를 졸업하고 직장을 다니지 않은 상태에서 결혼하는 아이들이라 결혼할 때 양가 부모에게 보내는 예단은 모두 생략하고 결혼식의 모든 것, 집 문제도 아이들에게 맡겼다. 우리 생각으로만 할 수 없는 일인데 사돈 되시는 분들이 기꺼이 동의해 줘서 가정을 이루고 잘살고 있다.

결혼은 많은 것을 준비하고 소유하고 시작해야 행복할 것이라고 여기지만 그렇던가? 혼자 가던 길을 둘이 같이 가서 외롭지 않아서 좋고, 힘든 길에서 힘이 되어주는 가장 가까운 사람이 있어 모든 이야기를 나눌 수 있어서 좋다. 화가 잔뜩 난 날, 남편에게 퍼붓고 겸연쩍어 남편에게 말하곤 한다.

"여보, 만약에 당신한테 하듯 우리 아이들에게 화를 내고 내속에 있는 것을 다 보여주면 아이들이 모두 도망가겠죠?"

아이들을 낳고 내가 아이들을 양육하는 줄 알았는데, 아이들로 인해 성장하고 성숙해지고 넓어지고 깊어지는 것은 부모이다. 다른 사람에게는 몰라도 아이들에게는 이기려 하지 않는 것은 이길수록 지는 것을 알기 때문이다. 그래서 참고 인내

하면서 기다려 주고 아이들의 눈높이에 맞추기 위해 수도 없이 연습하게 된다.

사십 년, 남편과 같이 한 길을 가고 있다. 세련되지도 섬세하지도 않지만 신실하게 자신에게 주어진 길을 묵묵히 걷는 사람. 세월이 지나도 그 자리에 있는 사람. 산동네 우리 집을 찾아온 날, 여기 사는 사람이라면 어디든지 갈 수 있겠다고 좋았다는 사람. 대학 3학년 학기 말에 친 성경 종합시험에 떨어졌다고 풀이 죽어있을 때 잘 됐다며 빨리 결혼할 수 있겠다고 오히려 좋아해 준 사람. 내 어릴 때 아팠던 일을 말하면 묵묵히 들어주고, 내 아버지나 가족에 대해 평가하지 않은 사람. 내가 무엇을 하든지 해보라고 격려하면서 밀어준 사람. 지금도 남편과 함께 누우면 이 사람을 남편으로 주신 하나님께 감사를 드리게 된다.

생비량교회는 초가지붕을 스레트로 바꾼 오래되고 작은 농가다. 교회가 있는 마을은 생비량면의 소재지이지만 버스가 하루에 너덧대 정도 다녔고 시간은 정해져 있지만, 제시간에 오는 차는 거의 없었다. 그래서 시내를 나가려면 버스 정류장에서 버스를 한없이 기다렸다. 도로는 포장이 안 돼서 차가 달릴 때마다 흙먼지가 날아다녔다. '비량'이라는 승이 태어난 마을이라 이름을 생비량이라고 지었다는데 불교 영향으로 100

가구가 안 되는 이 마을에서 태어난 사람은 교회에 다녀본 적이 없었다.

복음이 마을로 들어가기가 쉽지 않았다. 이웃의 남사마을에서 교회 개척예배를 마당에서 드릴 때 주민이 똥바가지에 똥을 가득 퍼다 예배 현장에 뿌리고 소리를 지르면서 교회가 들어오는 것을 반대했다. 1985년 당시 서부 경남은 기독교 인구가 2% 미만이었는데 도시를 제하면 시골에는 기독교인이 거의 없었고 불교와 유교가 깊이 뿌리를 내려 복음을 전하기가 쉽지 않았다.

장신대 학생들이 주말이 되면 산청과 함양으로 내려와 교회 개척 운동을 했고, 뜻있는 목회자들이 하나둘 내려와 살면서 그 당시 이십여 개의 교회가 개척되었다. 초등학교가 있는 마을마다 교회를 세우자는 운동이었다. 서울에서 내려오는 신학생들에게는 차비가 큰 부담이고, 가족과 함께 내려온 목회자들에게는 최소한의 생활비도 없었다. 가진 것이 없고 보장된 생활이 아니지만, 내가 받은 예수님의 사랑 때문에 나의 옥합인 삶을 예수님을 위해 드리려는 젊은이들이 서울에서 내려와 살았다.

시골은 전도지를 돌리고, 예수를 믿으라는 말로 전도가 되는 곳이 아니었다. 한 번도 교회나, 복음에 대해 들어본 적이 없는 마을 사람들은 전도사나 그 가족의 삶에 예수님을 투영

모두 선물이었다

하고 바라보았다. 내 나이 스물넷, 아직 어린 나이에 내 삶도 버거운 나이였다.

아이들이 학교가 끝나면 우리 방으로 놀러 왔다. 아이들은 누구 할 것 없이 방에 들어오면 냉장고 문을 제일 먼저 열었다. 서울에서 온 전도사가 어떤 걸 먹고 사는지 궁금했나 보다. 라면을 끓여 같이 먹으면 아이들이 강으로 고동 잡으러 가자고 재촉했다. 강에 들어가면 이끼 앉은 돌에 미끄러지고 넘어지면서도 눈을 크게 뜨고 물속을 뚫어지게 바라보지만, 나에게는 고동이 보이지 않는데 아이들의 소쿠리는 금방 찼다.

교회가 마을 가운데 있어서 집 밖을 나가면 지나다니는 동네 사람들을 늘 만났는데, 그분들을 만날 때마다 정중하게 인사했다.

"서울에서 배울 만큼 배운 새댁이 어찌 열 번 만나면 열 번 인사하노!"

만날 때마다 인사한 이유는 몇 번을 봐도 처음 만난 것 같은 나쁜 기억력 때문인데, 외지인에 대해 배타적인 어른들이 인사하는 새댁이 이뻤는지 동네의 일원으로 금방 받아주었다.

여름에는 서울에서 청년들이 내려와 어린이 성경학교를 하며 복음을 전해주고 마을 어른들을 위한 경로잔치도 베풀었다. 추수감사절이 되면 시루떡을 만들어 모든 동네 사람의 집을 방문해서 나눴다. 캄캄한 새벽 아무도 일어나지 않은 때, 우리 부부는 동네 사람들의 집 사립문 앞에 서서 그 가정을 위해 간절히 기도했다. 농번기 때는 바쁜 일손을 덜어주려고 학교에 다니지 않는 동네 아이들을 교회에 모아 같이 놀았는데, 꼬마들이 우리를 "교회 엄마, 교회 아빠"라고 불렀다.

예배당으로 사용하는 방은 작아서 사랑방에서 서로 이야기하듯 앉아 예배를 드렸다. 지서에는 외지에서 온 경찰 가족이 있었는데 그중 한두 명은 기독교인이어서 예배에 참석했다. 면사무소에서 근무하는 젊은 공무원 부인들이 복음을 듣고 하나둘 교회에 왔고, 멀리 떨어진 마을에 사는 외지에서 시집온 새댁들이 시간이 맞으면 버스를 타고 오고 그렇지 않으면 4~5km 되는 먼 길을 걸어왔다. 몇 안 되는 교인이 작은 방에 앉아 예배를 드리면 따사로운 봄 햇살이 마루를 지나 방 안으로 들어왔다.

그 시골에서 살 때 가장 행복한 날은 예수를 모르던 사람이 교회에 나오는 날이다. 어린이들과 청소년은 놀아주는 서울에서 온 언니와 형 같은 우리를 좋아해서 교회에 나오고, 아프거나 삶에 고통이 있는 분들은 간절히 주님께 도움을 구했다.

마음이 힘들 때는 사람이 떠나는 날이었다. 우리가 생비량에 가기 일 년 전부터 토요일마다 내려와 교회를 개척했던 전도사님이 떠나는 날, 경찰 가족이 근무지가 바뀌어 떠나는 날은 눈물이 났다. 황무지에 혼자 남겨지는 것 같았다. 새로 믿음을 갖게 된 아이들은 고등학교를 졸업하면 도시로 일을 찾아 가거나 대학에 가고, 아이들 교육을 위해 아이가 초등학생이 되면 공무원 가족은 도시로 이사했다. 한 사람, 한 영혼이 그리 도 귀했다.

예수를 믿으라고 집을 찾아가 전도하면 동네 할머니들이 미안해하면서 말했다.

"전도사님 내외를 보면 뭔가 있긴 한 거 같은데, 교회에 가고 싶어도 못 갑니더. 우리가 믿는 신이 노해서 우리 애들 해코지 할까봐서예."

산이 높아 지리산 자락의 봄은 신비감이 있다. 집 앞의 낮은 산 위로 구름이 내려와 덮고, 산새들은 청아한 목소리로 쉬지 않고 노래하고, 나무마다 뿜어내는 가지각색의 녹색의 향연이 있다. 그 산 아래로 시냇물은 쉬지 않고 흘렀는데 지리산의 봄은 그리도 아름다웠다.

그분의 뒷모습

우리 부부가 흘러가는 한강을 보며 앉아있으려니 눈물이 멈추지 않았다. 지난밤 야간 완행열차를 타고 서울에 올 때 진주에서 탄 기차는 남원을 거쳐서 광주를 둘러 서울로 오기 때문에 10시간 정도가 걸렸는데 피곤해서 나는 눈물이 아니었다.

결혼 후 몇 달이 지난 어느 날 남편이 말했다.

"이제 교회 건축을 해야겠어요. 더 욕심이 생기기 전에 우리가 가진 것을 먼저 하나님께 드립시다."

우리가 가진 것은 시어머니가 당신의 예물을 녹여 만들어 주신 금목걸이와 금반지가 전부였다. 서로 예물을 하지 않기로 했는데 어머님은 나를 부르시더니 금방에서 내 손에 맞게 당신의 금을 녹여주셨다.

처음 생비량에 내려갔을 때 매달 10만 원을 후원해 주는 교회가 있었다. 그것이 우리 생활비이고 교회 운영비였다. 교회를 지으려고 하니 어디 가서 의논할 데가 없었는데, 예배당으로 사용하는 집을 사주었고 매달 10만 원을 후원하던 그 교회에 가서 의논하기로 마음먹고 전날 밤 열차를 타고 서울역에 도착해서 한강 변에 있는 교회로 갔는데 아침 9시가 넘어있었다. 교회 직원들 기도회 중이어서 우리는 교회 사무실 밖에서 기다렸다. 기도회가 끝나고 우리가 만나려던 그 교회 목사님이 우리를 한번 훑어보더니 물었다.

"어떻게 왔나요?"

그 자리에서 일어나서 우린 더듬더듬 우리를 소개하고 교회 건축을 위해 의논하러 왔다고 말씀드렸다.

"내가 오늘 바빠서요."

뒤도 돌아보지 않고 그분은 방문을 닫았다. 우리는 맥이 빠지면서 모든 피로감이 몰려왔다. 시골에서 시골 사람처럼 살았던 우리가 야간열차를 타고 잠도 못 자고 왔으니 꼴이 말이 아니었을 것이다. 교회에서 나와 한강 변에 앉아 한동안 흘러가는 강물만 내려다보다 입을 열었다.

"정말 너무 하시네. 우리 집을 지으려는 것도 아니고 하나님 집을 지으려는데 문전박대를 하시다니…."

거절과 문전박대에 상한 마음을 추스르며 말했다.

"이제 사람을 찾아다니지 말고, 하나님만 의지해요."

생비량으로 돌아와 농가를 부수고 교회 건축을 시작했다. 준비된 것은 금반지와 목걸이 판 것이 전부였다. 그래도 골조 공사는 건축 전문가에게 맡기고, 그 골조에 벽돌을 채우는 것은 남편이 등짐을 지면서 인부 한 사람과 함께 일했다. 건축비가 생기면 일하고 없으면 쉬었다. 건축은 쉬운 일이 아니었다.

돈을 다 마련하고 시작해도 어려운데 준비되지 않은 건축비로 마음을 졸이고, 일하는 인부들에게 새참을 챙기며 지내다 보니 큰아이 출산 한 달을 앞두고 몸이 부어 손가락으로 다리를 누르면 쑥 들어간 자리가 한참이 지나서야 되돌아왔다.

병원에 가서 진찰을 받으니 임신 중독이라고 했다. 의사는 내게 혈압이 높고 산도가 좁아 자연분만이 어렵겠다고 했다. 내가 생각해도 출산이 쉽지 않을 것 같았다. 집에 돌아왔는데 동네 아주머니 한 분이 조산소를 소개해 주면서 본인도 세 아이를 그곳에서 낳았는데 의료비도 싸고 괜찮으니 가보라고 했다. 마음이 내키지 않았지만, 예수를 안 믿는 아주머니가 소개하는데 거절하기가 어려워 아기 낳기 일주일 전에 조산소를 찾아갔는데 조산원은 반갑게 맞아주며 말했다.

"예수 안 믿는 사람도 아기를 잘 낳는데 우리 하나님께 맡기고 해봅시다."

아기를 낳는 날, 열두 시간 넘게 진통을 겪었다. 어려운 상황이라 조산원은 대학병원에 전화를 걸었다.

"초산인 산모가 출산 중인데 만약 어려운 상황이 생기면 연락을 드릴 테니 구급차를 보내주세요."

나는 그날 몇 번 죽을 것 같았다.

"주님 살려주세요. 제가 잘못한 것 용서해 주세요."

태어나서 밤새도록 회개기도를 가장 심각하게 했던 날이다. 아기가 나오지 않아 흡입기로 아기를 당겼다. 그렇게 해서

3.8kg의 아기가 태어났는데 아기의 머리를 얼마나 잡아당겼는지 아기의 머리 윗부분이 튀어나와 있었다.

아기를 낳고 아침에 집으로 돌아오는데 세상이 노랗게 보이고 머리가 어지러웠다. 밤새 한숨도 자지 못하고 아기를 받은 조산원인 권사님이 말했다.

"시골에서 개척교회를 하느라 고생이 많은데 조산비 안 주셔도 돼. 건강보험공단에 가면 보험 수가가 나올 거예요. 그것으로 고기 사서 미역국 끓여서 드세요."

눈물이 핑 돌았다.

50평 건물에 예배실과 뒤쪽에 붙여 사택도 지었다. 우리는 일 년 동안 노동을 하고, 하나님은 때마다 까마귀를 보내주셨다. 교회를 다 짓고 완공예배를 드릴 때는 이루 말할 수 없는 감격이 밀려왔다. 가진 것, 준비된 것 없이 교회를 건축하면서 하나님이 때마다 공급하시는 것을 경험했기 때문이다.

그 목사님의 차가운 시선과 냉대는 목회 초년생인 우리가 맞은 백신이었다. 많이 아팠는데 그래서 사람을 찾아가서 도움을 청하려는 마음이 생길 때마다 그 마음을 다잡고 하나님만 의지했다. 시골에서 목회할 때나 선교사로 살면서 지금까지 이 백신의 효과를 제대로 보고 있다. 크든지 작든지 어떤 일이든지 사람을 찾아가기보다는 하나님께 기도했다. 오랜 시간이 지났어도 그날 아침의 일이 문득문득 생각나면 그 목사님이 원망스러웠는데 얼마 전 하나님이 내게 말씀하셨다.

"그거, 내가 한 거야. 나만 의지하라고."

생비량에서 목회하는 것은 어렵지만 재미있었다. 그때는 내가 어른이 다 된 줄 알았는데 지금 돌아보면 아직 철이 없는 스물넷의 전도사 아내였다. 동네 꼬마들의 엄마로, 청소년들의 언니와 누나로, 동네 새댁으로 사는 것이나 아직 복음을 모르는 이들이 교회에 나오고 하나님을 알아가는 것이 좋았다. 주일예배가 끝난 후 국수를 만들어 같이 먹으면 매주 잔칫날이었다.

시골 목회의 어려움은 교인이 많지 않을 뿐만 아니라, 교회에 처음 나와 신앙생활을 하는 이들이라 교회가 어떻게 운영되고, 목회자가 어떻게 사는지 모르는 것이었다. 교인들은 우리가 서울에서 온 사람이라서 모든 것이 넉넉하고 풍성하다고 여겼다. 우리는 그들이 교회에 나오는 것만으로도 고마웠다. 없으면 안 먹으면 되고 안 입으면 되지만 부모님께 자식 도리 못하고 사는 것이 죄송했다.

나보다도 열다섯 살 많은 큰언니는 딸 같은 동생이 시골에서 개척교회 하는 것이 마음에 걸려 자주 전화했다.

"어떻게 사니? 먹을 양식은 있는 거니?"

"응, 걱정하지 마. 괜찮아."

이렇게 말한 후 전화기를 내려놓았지만, 사실 그날은 쌀이 다 떨어져 아침에 이런 기도를 했었다.

"아버지, 우리가 쌀이 없어요. 우리는 괜찮지만 연로한 우리 엄마 어떻게 하나요? 쌀을 주세요."

아버지 돌아가시고 아이를 돌봐주기 위해 온 늙은 어머니가 마음에 걸렸다.

그날 오후에 집 밖에서 한 아주머니가 나를 불렀다.

"싸모님예."

"네, 어서 오세요."

"지금 막 쌀 찧었시예. 그래 가져왔는데 드시보이소."

마을 정미소에서 찧은 쌀을 수레에 싣고 오느라 얼굴에 땀이 송글송글 맺힌 옥이 어머니가 아주 큰 쌀부대를 우리 집 앞에 내려놓고, 고맙다는 인사에 겸연쩍어하며 뒤도 돌아보지 않고 빠르게 가셨다.

'어머… 어떻게 아셨지?'

그날 어떤 사람도 우리가 쌀이 떨어진 것을 아는 이가 없었다. 심지어 그 아주머니는 교회를 나오는 분이 아니었다.

나는 문 앞에서 발을 떼지 못하고 아주머니의 뒷모습을 한동안 바라보는데 눈물이 났다. 아침에 간절히 불렀던 그분의 뒷모습이었기 때문이다.

좁은 문

생비량에서 2km쯤 떨어진 곳에 봉두 마을이 있다. 많지 않은 사람들이 도란도란 모여 사는 마을이다. 고된 농사일에 얼굴이 까맣게 그을린 그 동네에 사는 한 아주머니가 우리를 찾아와 얼굴을 찌푸리며 말했다.

"목사님예, 우리 옆에 사는 큰 집 장손 꿈에 돌아가신 할머니가 나타나서 살려달라고 한답니다. 배나무 뿌리에 목이 졸려서 죽겠다며 밤마다 꿈에 나타난다네예. 그래서 장손은 무서워 잠을 잘 수가 없다고 합니더. 도와주이소."

오래전 돌아가신 할머니의 무덤 뒤쪽에 백 년 넘은 배나무가 있는데 배나무가 백 년이 되면 귀신이 살고 있어 아무나 나무를 건드릴 수 없지만, 교회 목사가 하면 괜찮을 것이라며 베어달라고 했다.

이 아주머니는 우리가 그 마을에 전도하러 가면, "훠이훠이 가시오. 애들 꼬드겨서 교회에서 연애질하게 하려고 여기에 왔소?" 하고 우리를 쫓아다니며 손을 저으면서 고래고래 소리질러 우리를 마을에서 쫓아내던 분이었다. 그래서 우리는 그 동네에 들어가지 못하고 동네 어귀의 논둑길에서 발길을 돌리곤 했다. 아주머니는 무당은 아니었지만, 동네 사람들에게 어려운 일이 생길 때마다 진주에 사는 무당을 데리고 와서 굿판을 벌이는 일을 했다.

무덤에 가보니 뒤쪽에 둥치가 큰 고목이 된 배나무가 있었다. 우리 교회는 아이들만 있고 남자 어른들이 없어서 이웃 교회에 부탁했더니 그 교회 목사님과 교인이 전기톱을 가져와 반나절 넘게 그 나무를 베었다. 나무를 베어간 목사님은 나무가 단단해서 바둑판을 여러 개 만들었다고 좋아했다. 사람들은 자신들이 섬기는 신이 두려워서 그냥 나무일 뿐인데 베지 못했다.

이 아주머니가 교회에 좋은 감정을 갖게 된 것은 우리 교회가 면내에 유일하게 하나 있는 중, 고등학교에 사정이 어려운 학생을 위한 장학금을 기탁했는데, 마침 그의 아들이 장학금을 받았기 때문이었다. 아주머니는 장학금을 줘서 고맙다고 인사하며 그의 아들이 여섯 살에 천자문을 뗐다고 자랑했다.

전도하기 위해 그 아주머니의 집에 갔던 날, 아주머니는 얼굴이 누렇게 떠서 누워있고, 가족들이 아주머니의 손과 발을 꼭 붙들고 있었다. 며칠 동안 잠을 자지도, 먹지도 못했는데 어디서 나오는 힘인지 그 연약한 몸에서 괴력이 나왔다. 며칠 동안 시달린 가족들은 모두 힘이 빠지고 지쳐있었다.

정신과 병원에 입원을 시키고 한 달 지나도 아주머니는 정신이 돌아오지 않고 병원에서 주는 약으로 인해 눈은 초점을 잃고 그저 한 곳만 물끄러미 응시했다. 그 아주머니의 모습이 안타까운지 남편이 말했다.

"이 아주머니를 우리 집으로 모시고 가서 기도해 줍시다."

그날 아주머니를 우리 집으로 모시고 와서 아침과 저녁으로 아주머니에게 손을 얹고 기도했다. 열흘쯤 되는 날, 자정이 넘은 시간에 현관문 쪽에서 덜커덕거리는 소리가 났다. 너무 놀라 그쪽으로 가보니 아주머니가 그 잠긴 문을 열려고 안간힘을 쓰면서 문을 밀고 당기고 있었다. 시골 창호지를 바른 격자문에서만 살던 아주머니가 알루미늄으로 만든 문을 어떻게 여는지 모르는 것이 다행이었다.

"아주머니, 무슨 일이세요?"

"나갈라꼬 하는데 문이 안 열려서예."

"어디 가시려고요?"

"저기 강 속에서 소복 입은 여자가 나를 불러서예. 어서 들어 오라꼬예."

"……."

"어서 문 좀 열어주이소. 내 가야 합니더."

거친 농사일을 하며 먹을 것도 제대로 먹지 못하고 살아온 탓에 나이에 비해 주름이 많고 작고 왜소한 가난한 여인, 입으로는 언제나 자신의 몸보다도 더 큰 소리로 말하지만, 누구에게도 사랑과 존중을 받지 못하고 지금까지 살아온 여인은 있는 힘을 다해 문을 밀고 당겼다.

"아주머니, 지금 나가시면 안 돼요. 방으로 들어가세요."

나가야 한다는 아주머니를 설득해서 방으로 돌아와 그 밤에 우리는 그분에게 손을 얹고 간절히 기도했다. 불쌍한 아주머니를 붙들고 있는 사단을 향해 예수의 이름으로 나가라고 명했다. 아주머니는 그날 밤 악한 영으로부터 해방되어 잠을 잘 자고 다음 날 집으로 돌아갔다. 예수님은 그 시골에서 아무에게도 대접받지 못한 그 아주머니에게 그 밤에 임해주셨다. 그리고 그의 가족이 모두 주님께 돌아왔다.

우연히 만난 한 젊은이가 말했다.

"나는 성공만 할 수 있다면 내 영혼이라도 팔고 싶어요."

정치인, 기업가, 연예인 중에 용하다는 무당이 하는 말에 가야 할 곳과 가지 말아야 할 곳, 정한 것과 부정한 것, 되는 것과 안 되는 것 사이에서 갈팡질팡하며 사는 사람들이 있다. 그들은 성공을 위해 그리고 붙잡은 성공이라는 탑에서 떨어질까 두렵고 불안한 마음을 악한 영에 맡겨 오히려 자신이 붙잡은 것에 붙잡혀 자아와 자유를 잃어버린 사람들이다.

어릴 때 우리 어머니는 집에 우환이 있을 때마다 무당을 불렀다. 무당은 우리 집으로 와서 부엌에서 주술을 외우면서 의식을 행했는데 아직 어린 내 눈에는 그 모습이 두렵기까지 했다. 쉰 살에 고향을 떠나 서울로 상경해서 안 해본 장사가 없다던 어머니는 고난한 삶과 어려운 현실을 무당의 손을 빌려서라도 해결해 보고 싶은 마음이었을 것이다. 어머니는 그렇게 위안을 얻었는지도 모른다.

전도하기 위해 봉두 마을에 갔던 어느 날, 한 할머니가 우리를 기다렸다며 불렀다. 희끗희끗한 머리카락을 곱게 빗어서 가지런하게 비녀를 꽂아 단장한 할머니는 지금까지 무당으로 살아온 이야기를 했다. 연고도 없는 지리산 골짜기인 봉두 마을까지 들어와 살게 된 할머니는 전남편과 이혼했고, 하나밖에 없는 장성한 아들과는 연락이 끊긴 지 오래되었다면서 지난 세월 파란만장한 삶을 이야기하며 눈물을 닦았다. 얼굴에는 주름이 깊었고 표정이 어두웠지만, 말을 할 때는 단호했는데 삶이 떠내려갈 대로 떠내려가다 막바지에 다다라서야 이제는 알겠다며 말했다.

"지금까지 귀신을 섬긴 것이 후회스럽습니다. 이제 다 버리고 아버지께로 돌아가겠습니다."

어릴 적 교회를 다녔다는 할머니는 성인이 되어 신이 내린 후 이른 새벽마다 일어나 목욕재계하고 신당에 앉으면 그가 섬기는 신이 귓가에 속삭인다고 했다. 할머니의 이야기를 다 듣고 우리는 그 할머니를 위해 기도하고, 신당에 놓여있던 물건 중 태울 수 있는 것은 마당에서 태우고 타지 않는 물건들은 교회로 가져왔다. 우리 어머니나 그 할머니는 어려운 현실을

모두 선물이었다

조금이라도 덜고 싶어 귀신의 힘을 빌려서라도 살아보려고 했던 사람들이다.

거라사인 지방에서 귀신 들린 사람이 무덤가에서 예수님을 보자 괴롭게 소리를 지르며 말했다.

❖ 하나님의 아들 예수여 나와 당신이 무슨 상관이 있습니까 제발 하나님 앞에 맹세하고 나를 괴롭히지 마소서
- 마가복음 5장 7절

사람들은 예수님이 하나님의 아들이라는 것을 몰랐지만, 영적인 존재인 귀신은 알았다. 그 당시 하나님을 위해 일한다고 한 종교지도자들은 예수님을 신성모독자로 여기고 죽였다. 사람은 보고 싶은 것만 보고 듣고 싶은 것만 들어서, 보아도 보지 못하고 들어도 듣지 못한다.

우리 어머니가 예수님을 만난 후 삶의 장이 달라진 것은 아니지만, 날마다 "주 안에 있는 나에게 딴 근심 있으랴 십자가 밑에 나아가 내 짐을 풀었네" 이 찬송을 4절까지 부르면서 기도하는 사람이 됐다. 어려운 삶, 찬송을 부르고 기도하며 견뎌냈다.

예수를 믿다 어려운 일을 당했을 때 교회를 떠나고 하나님을 떠나는 사람을 종종 보게 되는데, 매우 안타까운 심정이다.

이들은 하나님과 함께 가도 쉽지 않은 길을 혼자 가려 한다.

학교에서 시험을 치면서 실력이 올라가듯 우리 삶에도 시험을 통과하면서 자라는 게 있다. 믿음이다. 처음 산에 오르면 숨이 차오르고 심장이 견디지 못할 만큼 쿵쾅거리며 박동해서 심장이 터져 죽을 것 같지만 잠시 걸음을 멈추고 숨을 고르면 버겁던 숨도 터져버릴 것 같은 심장박동도 잔잔해진다. 그리고 다시 걸으면 심장과 호흡이 발걸음을 따라간다. 어려움을 견디는 만큼 믿음의 근육도 단단해진다. 높은 산, 골이 깊은 골짜기라도 포기하지 않고 한 발짝씩 내딛기만 하면 산의 꼭대기에 닿을 수 있다.

봉두 할머니는 그날 이후 눈이 오나 비가 오나 하루도 거르지 않고 강물 따라 난 어두운 신작로를 삼십여 분 걸어와 새벽마다 교회 종을 쳐서 잠든 마을을 깨웠다. 매일 목욕재계하고 두려워서 신을 섬겼던 할머니가 하나님께로 돌아와 비로소 삶의 평안과 안식을 찾았다고 고백했다.

성공을 위해서라면 영혼도 팔고 싶다던 아직 이십 대의 그 젊은이는 얼마나 삶이 고달프면 그런 고백을 했을지? 지금도 그 청년이 떠오르면 마음이 안타깝다.

우리 집 앞으로 흐르는 냇가에는 아침이 되면 동네 사람들이 빨래를 이고 와서 평평한 돌 위에 옷을 올려놓고 방망이로 두들겼다. 이 집 저 집 빨래에 묻힌 비누가 거품이 되어 서로

엉키다 풀어져 물과 함께 어디론가 정처 없이 흘러갔다. 동네 아주머니들은 아침마다 빨래터에 나와 동네 사람들 이야기로 꽃을 피웠다. 그 빨래터에 있으면 동네가 어떻게 돌아가고, 아무개 집에 숟가락이 몇 개쯤 되는지 알 수 있었다. 빨래를 먼저 빨고 돌아가는 이는 뒤가 당겨지는데, 떠난 그 사람을 화제에 올리기 때문이다. 새댁인 나는 듣고만 있다가 집으로 돌아왔다. 어떤 이야기나 내 생각을 말할 수 없었던 것은 동네 사정이나 사람을 잘 알지 못할 뿐 아니라 교회 전도사 아내인 게 늘 조심스러웠기 때문이다.

예배를 마치면 남편은 멀리 사는 교인들을 데려다주기 위해 오토바이 뒤에 리어카를 고무 타이어로 묶어서 오토수레를 만들었다. 교인들은 그 좁은 수레에 쭈그리고 앉아 오토바이의 속도만큼 달려오는 바람에 머리카락이 여기저기로 흩날리지만, 행복한 웃음도 같이 날아다녔다. 지리산에서 개척교회를 하는 제자를 격려하기 위해 오신 주선애 교수님이 말했다.

"이런 곳에서 살아줘서 고마워요. 나도 이런 일을 하고 싶었는데 못했어요. 나를 대신해서 살아줘서 고마워요."

가난한 지리산 골짜기, 살기 쉬운 곳은 아니지만 괜찮았다.

예수를 믿는 사람이 하나도 없는 마을에서 한 아저씨가 천국으로 떠난 날 동네에는 한바탕 소란이 일어났다. 아저씨의 장례를 놓고 사람들의 의견이 분분했다. 집안 어른들이나 동네 사람들 모두 그들이 해왔던 방식대로 불교장으로 해야 한다고 마음을 모았지만, 그들의 의견을 다 들은 그의 부인은 남편이 세상 떠나기 전 했던 유언을 사람들에게 말했다.

"내가 죽으면 가족들은 교회에 나가고, 장례는 기독교식으로 하그라."

기독교에 관심이 없고, 교회를 싫어하는 그 시골 사람들에게 처음 있는 일이었다. 동네 사람들은 모두 냉소적이었다. 정해놓은 장지는 한참 올라가야 하는 산 중턱에 있는데, 그들의 도움 없이 장례를 치를 수 있겠느냐며 팔짱을 끼고 바라보기만 했다.

아저씨는 오십 대 중반이었는데 간암 말기 환자였다. 그해 여름 서울의 한 교회 청년들이 의료 봉사를 왔을 때 면내에 사는 아픈 사람을 찾아다니며 진료하면서 만난 분이었다. 암 환자들이 그렇듯 아저씨는 고통스러운 날들을 보냈다. 지금처럼 의료보험이 없어 치료를 받을 형편이 안 돼서 집에 누워서 고통을 견뎠다. 아저씨의 고통을 덜어줄 수 없지만, 오토바이를 타고 우리 부부는 매일 오후 네 시에 아저씨를 찾아가서 복음을 전하고 손을 잡고 기도해 주었다.

그렇게 한 달이 지난 어느 날, 우리가 도착했을 때 아저씨는 숨을 거칠게 몰아쉬었다. 아저씨가 우리를 기다리는 듯했다. 큰아이를 임신한 나는 사람이 죽는 것을 처음으로 보는 자리라 무섭고 긴장되어 아저씨가 누워있는 방에 들어갈 용기가 없었다. 고통스러운 아저씨는 남편과 함께 임종기도를 드리면서, 일생 고된 농사일과 아파서 일그러진 얼굴을 다 펴고 평안히 하늘나라로 떠났다.

집 앞에 그늘막을 쳐놓고 동네 사람들이 보는 가운데 행해진 사흘의 장례식 동안 시신을 씻기는 일부터 관을 메고 산에 올라가 묻는 일까지 교인이 얼마 되지 않았지만, 청년들과 함께 정성스럽게 했다. 긴장감이 있지만 은혜로운 장례식이었다.

장례를 마친 후, 아주머니는 교회에 나왔다. 늘 쭈그리고 앉아 농사를 지은 아주머니는 아직 오십 대 초반인데도 무릎이 아파서 잘 걷지 못했다. '별 약'이라고 부르는 부신피질 호르몬제를 관절에 좋은 약이라고 속여 시골에 다니면서 파는 약장수들에게 약을 사 먹은 아주머니는 통증이 사라졌지만, 살이 너무 쪘다고 했다. 우리가 그 약을 설명한 후 아주머니에게 말했다.

"아주머니, 하나님께 맡기고 우리 같이 기도해요. 하나님이 아픈 무릎을 고쳐주실 거예요."

아주머니는 그날 이후 약을 끊고 걸을 때마다 몹시 아팠지만, 교회로 와서 기도했다. 교회 아랫마을인 '장란'에서 교회에 오려면 어둡고 사람이 없는 강변 길을 한참을 걸어와야 했는데 하루도 거르지 않고 새벽마다 교회에 나와 기도했다. 하나님이 아주머니의 기도를 들어주셔서 아주머니의 무릎이 낫고 아주머니의 믿음이 단단해졌다. 아주머니는 새벽기도뿐 아니라 교회의 모든 예배에 나왔는데 원래 견고한 성품인 아주머니가 예수님을 만나 흔들림이 없었다.

교회에 올 때마다 동네 어귀에서 만나는 동네 사람이 한마디씩 했다.

"아이고, 이제 됐다마. 할 만큼 했다아이가. 이제 고마 교회 가그라!"

예수를 모르는 그 시골에서 예수를 믿고 사는 것은 좁은 문으로 들어가는 일이다. 아주머니는 오히려 그 좁은 문에 들어와서 평안을 누리며 신실한 삶을 살았다. 자녀들도 어머니를 따랐다.

모두 선물이었다

스펙

조금 전에 아이들이 함박웃음을 주고 차를 타고 하원했는데, 얼굴이 하얗게 질린 남편이 급하게 집으로 뛰어들어 왔다.

"집에 하얀 천 없어요?"

"왜요?"

"사고가 났어요."

갑자기 흰색 천을 구할 수 없어 결혼할 때 만들어 온 이불의 홑청을 뜯는데 실에 묶인 천이 쉽게 떨어지지 않고 손마저 떨렸다.

생비량에 내려간 후 남편과 함께 오토바이를 타고 면내에 있는 마을을 돌면서 지역 사람들을 도울 일을 찾아 나섰다. 외진 산골 마을이라서 6·25 전쟁이 일어났을 때도 안전했다는 마을이 있을 정도로 생비량면은 골이 깊다. 지리산 줄기라서 물이 있는 곳은 벼를 심고, 비탈이 시작되는 산골에는 산을 일구어서 밭농사를 지었다. 고즈넉한 마을이 평화롭게 보이지만 그 안에 사는 사람들 가운데 시름과 고통을 인생의 짐으로 지고 사는 사람들이 많았다.

고등학교를 졸업한 청년들은 모두 도시로 나가고, 연로한 어르신들이 많아 농촌은 이미 노령화가 꽤 진행된 상태였다. 그래도 마을마다 젊은 부부들 몇이 있었다. 초등학교와 부설 유치원이 있긴 하지만, 여섯 살 아래의 어린아이들이 교육받을 기관이 없어, 그 아이들을 교회로 데리고 와서 같이 놀았다.

서울의 한 교회가 봉고차를 장만해 주어서 주말에는 차의 뒤 칸에 책장을 만들어 책을 꽂고, 텔레비전과 비디오를 싣고 아이들을 찾아갔다. 정자나무가 있는 마을 마당에 차를 세우면 아이들이 하나둘 차 주변으로 와서 동화책을 빌리고, '날으는 집'이라는 성경 이야기 비디오를 틀면 동네 아이들이 모두 모여들었다. 변변한 책이 없는 농촌 아이들이 좋은 책을 읽고, 성경 이야기를 통해 예수님을 만나기를 소망했다. 초보 운전자인 남편이 차를 몰고 마을로 들어가다 좁은 길에서 미끄러져 논으로 차가 빠져서 진땀을 빼는 날도 있었다. 우리를 오라는 데는 없었지만 갈 곳이 많았다.

월요일부터 토요일 오전, 면내 마을에 있는 유아들을 태워 오면 열댓 명이 되었다. 수업이 끝나고 아이들을 데려다주기 위해 간 남편이 몇 시간이고 집으로 돌아오지 않는 날은 차가 달리다 길에서 시동이 꺼져서 꼼짝하지 않는 날이었다. 이미 나이가 많은 중고차가 시동이 안 걸리면 들고 올 수도 없고 버리고 올 수도 없어 난감했는데 특별히 뜨거운 여름과 추운 겨울에는 더 그랬다. 서비스 센터가 없어 남편이 이리저리 시도하다 시동이 걸리면 집으로 돌아왔다. 남편이 고생을 많이 했다.

사고가 발생한 날, 동네 어귀에 도착해서 선생님이 차 문을 열자마자 일곱 살짜리 한 아이가 맞은편 초등학교에서 하교 중인 형들을 보고 뛰었는데, 우리 차 뒤에서 트럭 한 대가 빠르게 뒤쫓아 달려오고 있었다. 함께 타고 가던 선생님도 어떻게 손을 쓸 수 없을 만큼 짧은 순간이었다.

아이의 엄마는 강에서 고동을 잡다 벼락같은 소식을 듣고 사고 현장으로 달려왔고, 남편은 파편이 되어 여기저기 흩어져 버린 아이의 몸을 모아 이불 천에 싸서 땅에 묻었다. 황망했다.

아빠가 없는 그 아이는 엄마와 함께 산 위의 작은 집에서 살았다. 아이는 그 엄마의 희망이고 미래였다. 아이의 머리카락이 덥수룩하면 깎아주고 간식비도 받지 않고 아이를 돌봤지만, 어이없이 아들을 보내야 하는 엄마에게 우리는 너무 큰 슬픔과 고통을 안겨준 죄인이 되었을 뿐 아니라 평생 안고 가야 하는 아픔이 가슴에 내려앉았다. 어떤 말로도 되돌릴 수 없는 아픔이기에 아이의 엄마를 찾아가 고개만 숙이다 돌아오면 죄책감에 시달리게 되었고, 교회에 나오지 않는 마을 사람들이 우리 부부와 교회를 동네에서 쫓아낼 것 같았다. 쥐구멍에라도 들어가고 싶은 심정으로 쭈그러진 우리를 본 동네 어른들이 말했다.

"우짜겠노. 잘하려고 한 일 아이가."

시간이 많이 지났지만, 아직도 그 일이 커다란 바위가 되어 가슴에 박혀있다.

"오늘 내가 일이 있어 나가야 하는데 당신이 구역예배를 인도해야겠어요."

남편은 이렇게 말하고 오토바이를 타고 나갔다. 한 시간 넘게 걸어야 닿는 마을에서 세 명의 부인이 교회에 나왔다. 일손이 바쁜 농번기에는 낮에 모일 수 없다. 그날 밤 가로등 하나 없는 칠흑 같은 어둠이 주는 공포로 가슴이 쪼그라들었다. 그러나 모내기에 힘들고 지친 이들이 예배를 드리려고 기다리기에 이미 출산일이 넘은 만삭의 몸으로 걷고 또 걸었다. 냇물 따라 난 비포장도로는 밤이 되면 차와 인적이 끊겼다. 그래도 가끔 구불구불한 그 길로 짐을 가득 실은 큰 트럭들이 무심하게 달렸다.

성탄절이 되면 아이들과 한밤을 세며 놀다가 이른 새벽에 떡국을 끓여 먹인 후 교인들 집까지 걸어가 성탄송을 불렀다. 그 옛날 천사들이 예수님 탄생을 알린 것처럼 우리도 예수님이 탄생한 소식을 지금까지 잠들어 있던 마을에 합창으로 알렸다. 추운 날씨에 얼어붙은 강물이 늘어나는 부피를 이기지 못하고 '쩡' 소리를 지르면서 깨지고 그들이 부딪치는 소리가 계곡의 바위에 부딪혀서 괴성을 지르며 달려오는데, 아이들은 별것 아니라면서 그 추위를 잊으려고 논에 쌓아놓은 볏단을 하나 집어 들고 불을 붙여 추위를 쫓고 어두운 길을 밝혔다.

생비량에 내려온 지 사 년 반이 지난 어느 날 남편이 말했다.

"이제 우리 여기를 떠납시다. 여기는 사역의 기반이 마련돼서 다른 목회자가 와도 사역을 감당할 수 있을 거예요. 교회 없는 마을로 가서 교회를 개척하고, 그리고 선교사로 갑시다."

외진 시골이지만 예수를 모르던 사람이 교회에 나와 예수님을 만나 변하고 천국 백성이 되는 것이 좋았다. 남편은 초신자인 교인들이 믿음이 생기면 헌금도 자연히 할 것이라며 헌금 설교는 아예 하지 않았다.

월남치마에 변변한 옷이 없어 서울 갈 때는 내가 누추하게 여겨지지만, 서울 가는 것을 빼면 이곳 사람들과 다르지 않아 괜찮았다. 서울에서 온 사람들이 우리 사는 모습을 보고 고생 많다고 위로하면 고생이라고 여기지 않았기에 그 위로가 마음에 와닿지 않았지만, 명절에 서울 사는 부모님에게 가면 장성한 자식인데도 용돈을 드릴 수 없는 것이 죄송했다. 하나님께는 충성하는 자녀로 살려고 애를 썼는데, 늙고 가난한 육신의 부모에게는 아무것도 해드릴 수 없는 무능한 자식이었다.

시골에서 상추쌈과 된장국을 삼시 세끼 먹어 첫째와 둘째는 아기 때 매일 녹색의 물똥을 하루에도 수시로 쌌다. 의사는 엄마 젖이 안 좋아서 그렇다며 아기에게 젖을 먹이지 말라고 했는데, 싱가포르에서 셋째를 낳아 길러보니 젖은 엄마가 먹는 음식에 달렸다는 것을 알 수 있었다.

서울의 한 교회의 후원과 취업이 된 시누이가 보내주는 십일조로 살면서 풍족한 삶은 아니었지만, 닷새마다 열리는 장에 가서 생선이라도 사면 옆집 할머니와 나눠 먹었다. 예배당에 책상과 걸상을 만들어 아이들이 아무 때든지 와서 공부할 수 있게 공부방을 만들었는데 아침에 가보면 라면 끓여 먹은 자국과 담배꽁초가 방구석에서 뒹굴곤 했지만, 그 시골에서 그들과 담 없이 사는 것이 괜찮았다.

생비량을 떠나 함양의 교회 없는 산골 마을로 이사 가려고 준비하던 중, 우리가 생각하지도 않았던 싱가포르 선교사 훈련 기관에서 훈련받으라는 제의를 받게 되었고, 그것이 하나님의 부르심이라 여기고 교회를 떠나는 날 아침이 찾아왔다. 이미 후임 목회자가 와서 우리를 배웅하는데 이웃 마을에 사는 할머니가 바구니에 새벽에 만든 떡을 이고 오셨다.

"이거 가면서 드시예."

고치 마을에 사는 곱고 예쁜 할머니는 딸만 낳은 죄로 남편의 두 번째 부인과 한집에서 살았다. 할머니는 그런 삶을 숙명으로 받아들였고, 엄마를 생각하면 가슴이 아픈 부산에 사는 딸의 간곡한 부탁으로 할머니를 방문해서 복음을 전했는데 할머니는 그때마다 정중하게 사양했다.

"내가 교회 가고 싶어도 아들 땜시 안 됩니더."

그 아침, 동네 할머니들도 나와서 배웅을 해주었는데 한 할머니가 내 손을 잡고 말했다.

"우짜노, 고생만 하다 가서. 이거 우리 할매들이 모은 건데 여비로 보태소."

농사짓고 사는 할머니들에게는 푼돈도 귀했다. 할머니들이 꼬깃꼬깃 깊은 쌈지에서 꺼내주신 마음이기에 그분들이 우리에게 주고 싶었던 사랑이라는 것을 안다. 남편이 간암으로 세상을 떠난 후 교회 나오는 아주머니가 제일 아쉬워했다.

"우짭니꺼, 우리는 목사님한테 해준 게 하나도 없는데, 이제 목사님에게 어떻게 해야 할지 조금 알 것 같은데, 조금만 더 있다 가시면 안 됩니꺼?"

같이 있을 때는 영원히 함께 있을 것 같아 고마움도 일상에 묻어두고, 서로 소중하고 귀한 존재라는 것도 덮어두고, 고맙다는 말도 사랑한다는 말도 아끼지만 떠날 때는 서로에게 더 많이 해주지 못한 아쉬움에 잡고 있던 손을 놓기가 쉽지 않았다.

"우리 목사님 다시 오라카이소!"

우리가 싱가포르에서 훈련받을 때, 같이 놀았던 아이들이 우리를 잊지 못하고 후임 목사님에게 이런 말을 한다는 소리를 들으면 새로 온 목사님에게 미안한 마음이지만, 아이들이 보고 싶어 눈물이 났다. 지금 생각해 보면 어린 나이에 목회자의 아내가 되어 아무것도 모르고 살았는데 그곳이 마음의 고향이 되어버렸다.

사람들은 좋은 직장에 취직하기 위해 스펙을 쌓는다. 특별히 한국은 자원이 많지 않고 사람이 자원이기에 남들보다 더 나은 스펙을 갖기 위해 좋은 학벌, 학점, 외국어 능력, 각종 자격증을 소유하기 위해 잠을 자지 않고 노력한다. 그래서 그 스펙으로 원하는 곳에 취직하면 성공한 인생이라고 여긴다. 인생의 목적이 결국은 월급을 많이 받는 것, 많이 소유하는 것과 무관하지 않다. 물질적인 소유가 행복의 조건이라 여기기에 부모는 자녀가 태어날 때부터 매뉴얼을 만들어 아이를 정신없이 돌린다. 그러나 그 매뉴얼 대로 다 이루었다 한들 그 아이의 인생이 행복할까?

하나님의 나라에 가려면 필요한 스펙이 없을까? 이 세상에 존재하는 우리는 한 사람도 예외 없이 육신의 장막을 벗는 날이 온다.

"정임아! 너에게 주어진 삶을 어떻게 살다 왔니?"

이렇게 물으실 그분 앞에 서는 날, 하나님은 우리의 어떤 것을 보실까? 예수님이 이 땅에서 살면서 가르쳐 주신 것은 현대를 사는 우리가 지향하는 삶과 매우 다르다.

✣ 좁은 문으로 들어가라 멸망으로 인도하는 문은 크고 그 길이 넓어 그리로 들어가는 자가 많고 생명으로 인도하는 문은 좁고 길이 협착하여 찾는 자가 적음이라
– 마태복음 7장 13-14절

✣ 누구든지 네 오른편 뺨을 치거든 왼편도 돌려대고 또 너를 고발하여 속옷을 가지고자 하는 자에게 겉옷까지도 가지게 하며 또 누구든지 너로 억지로 오리를 가게 하거든 그 사람과 십 리를 동행하고 네게 구하는 자에게 주며 네게 꾸고자 하는 자에게 거절하지 말라
– 마태복음 5장 39-42절

가난하고 불편하게 살아온 날들이 부끄럽지 않고, 세상에서 성공했다고 여겨지는 친구들이 부럽지 않은 것은 나 또한 하나님 나라에 들어가기 위해 스펙을 조금씩 쌓고 있다고 여기기 때문이다.

소풍

___

오늘 소풍 가서 라면이라도 끓여 먹고 오자는 남편의 말에 주섬주섬 냄비와 숟가락, 젓가락 그리고 라면을 챙겨서 차에 올랐다. 명절이 되면 동네는 도시에서 돌아온 자녀들로 웃음과 활기가 넘쳐난다. 우리는 주일이 명절과 가까우면 부모님께 갈 수 없었다. 몇 안 되는 교인들일지라도 함께 예배를 드려야 하기 때문이다. 타향살이가 가장 힘든 날은 명절날이다. 자식을 기다리는 부모님도 허전하시겠지만, 우리 또한 외톨이가 된다. 남편은 차를 몰고 어디론가 달렸다. 어느 언덕에 내려 점심으로 라면을 끓여 먹은 후, 다시 달렸는데 목적지가 함양의 어느 산골 마을이었다. 남편이 말했다.

"여기서 교회를 개척하고 살다 선교사로 갑시다."

남편은 이미 교회 개척 후보지를 정해놓고 나를 그곳으로 데리고 갔던 것이다. 교회가 없는 마을에는 아이들이 재미있게 놀고 있었다. 동네를 둘러보면서 아이들을 만나고 난 후 우리는 결정했다. 삼 년 동안 그 마을에서 살기로. 마을 사람들과 친밀해지려면 시간이 필요하고, 그래야 교회가 설 수 있기 때문이다.

그렇게 교회를 떠날 준비를 했는데 서울의 한 교회 선교 담당 목사님과 한 선교사님이 생비량 산골로 우리를 찾아왔다.

"우리 교회가 목사님 가정을 싱가포르 ACTI(Asian Cross-cultural Training Institute)에서 훈련을 받는 일과 그 후 선교사로 파송하고 싶습니다."

교회에서 부목사 하던 이를 선교사로 보내면 중도에 돌아오는 경우가 있어서, 개척교회를 하던 우리를 선발해서 선교사로 파송하고 싶다고 했다. 어릴 적 소풍 가서 보물찾기할 때, 나는 한 번도 선생님이 숨겨놓은 보물을 찾은 적이 없다. 누구에게 내세울 것도, 보여줄 것도 없고, 산골 마을에서 가진 것이 없어 매일 일용할 양식을 구하며 살았고 아무도 보이지 않는 곳에서 살았던 우리를 하나님이 찾으셨다.

1989년 5월, 우리 가족은 비행기에 올랐다. 처음 타는 비행기에서 음료수와 밥을 주는 것도 고맙고, 지루한 비행에 칭얼대는 아직 어린 두 아이에게 장난감을 가져다주는 승무원의 친절에 놀라면서 가본 적 없는 세계에 대한 두려움과 설렘이 하늘에 떠 있었다. 아래로 바다를 지나가는 배가 작은 점이 되고 그 배가 일으키는 하얀 물거품이 길이 되었다 아련히 사그라졌다. 끝없는 하늘에 펼쳐져 있는 하얀 구름에 누우면 포근할 것 같았다. 그 당시에는 해외여행이 자유롭지 않았고 반공교육을 받지 않으면 여권을 발급해 주지 않았는데, 북한 공작원을 만날 것 같아 두려움을 더해 떠나는 소풍이었다.

싱가포르에 도착해서 이민국을 통과할 때 이민국 직원이 물었다.

"돌아갈 비행기표가 있나요? 가진 돈이 얼마인지 보여주세요."

힐끗힐끗 우리 가족 얼굴을 살피면서 거칠게 말하는 그 직원 앞에서 쪼그라들어 돌아갈 비행기표와 돈을 보여주니 퉁명스럽게 입국 도장을 찍어주었다. 가난한 나라의 국민이라는 것을 실감했다.

공항 출입문을 열자마자 숨이 막힐 것 같은 열대의 뜨거운 공기가 우리에게 달려오고 도로에 심어놓은 이름을 알 수 없는 열대 꽃들과 구불구불하게 자란 나무들과 쭉쭉 뻗은 빌딩 숲 사이를 달리는 차 안에서 낯선 풍경과 낯선 사람들과 함께 살면서 일어날 일이 두려움으로 달려오지만 새롭게 펼쳐질 모험이 기대되었다. 한 가정씩 커다란 짐 가방 한두 개씩 끌고 훈련원으로 모여들었다. 서먹하고 어색했다. 한국인 세 가정, 타이완인 한 가정 그리고 일본인 자매 한 명, 홍콩에서 온 자매 두 명, 타이완에서 온 형제 한 명, 모두 네 가정, 네 명의 독신 선교사 후보생들이 모였다. 다른 나라에서 온 이들은 모두 평신도로서 선교사가 되려는 사람이었고 한국에서 온 가족의 남편은 모두 목사였다.

우리와 함께 살았던 훈련원장 부부는 전반적인 훈련과 생활을 안내하며 도와주었고, 삼십 년 이상 말레이시아 이반족을 선교한 육십 대 영국인 독신 여성 선교사는 영어를 가르쳐 주었다. 오십 대 캐나다인 선교사 부부도 함께 살면서 훈련생들을 도왔다. 그분들에게서 겸손과 공손함 그리고 어떤 일이든지 도우려는 태도를 배웠고 선교사의 삶을 배웠다. 오전 네 시간 동안 강의를 듣고 공부가 끝나면 각각의 방에서 생활하고, 식사는 식당에서 같이했다. 공동체 생활이었다. 숙제가 없어서 수업에 대한 부담은 없지만 잘 들리지 않는 영어를 공부하려고 부단히 애를 썼다.

SIL 선교부에 가서 언어 습득을 위한 훈련을 받고, 정기적으로 OMF 선교부 센터로 가서 함께 중보기도를 했다. 예배는 싱가포르 현지인 교회에서 드렸는데 우리가 가는 교회는 회중 교회로 목회자가 없고 직장 생활하는 장로님들이 매주 설교를 돌아가면서 했다. 예배가 끝나면 모든 교인이 차와 빵, 간단한 간식을 먹으며 교제를 했다.

그 당시 많은 국제 선교단체의 본부가 싱가포르에 있어서 강의해 주던 분들은 각 선교단체에서 오랫동안 선교 사역을 한 경험 많은 선교사들이었다. 십 년 이상 선교 현장에서 선교한 분들의 가르침은 아직 선교지에 가본 적이 없는 우리에게는 좋은 안내서였다.

선교사들이 강의를 시작하기 전 선교사로서 해야 할 다섯 가지 일(5 Do)과 하지 말아야 할 다섯 가지(5 Don't)를 말했다.

오랜 세월 선교지에서 사역했던 다양한 선교사들로부터 배우는 것 자체가 타 문화를 배우는 일이고, 처음으로 다른 나라 사람들과 한지붕 아래에서 살면서 배려하고 이해하는 일은 또 다른 선교지 문화였다.

한국에서 십 년 넘게 선교한 미국인 선교사가 강의 후 차를 마시면서 말했다. 그가 사역한 대학생들과 식사를 하는데 한 학생이 말했다고 한다.

"선교사님, 이것 한번 드셔보세요. 이걸 못 먹으면 한국 선교사로서 자격이 없습니다."

그래서 그는 그것을 숟가락으로 퍼서 고춧가루 잔뜩 든 간장에 찍어 입에 넣었다. 맵고 짠데 그 맛을 알 수 없어 어찌할 바를 모르겠는데 그걸 못 먹으면 한국인을 위한 선교사가 아니라고 해서 꿀꺽 삼켜버렸다고 했다. 그는 껄껄 웃으며 아직도 묵이 무슨 맛인지 모르겠다며 고개를 흔들었다.

한 달에 한 번 정도는 바닷가나 공원으로 가서 바비큐를 먹으면서 지친 마음과 몸을 회복하고, 분기별로 이웃 나라에 아웃리치를 갔다. 우리 큰애는 오전에 현지 유치원에 가고, 유치원 취학이 되지 않는 아들은 돌봐주는 사람이 있고, 음식을 만들어 주는 분이 있어서 부부가 집중해서 훈련받을 수 있었다.

훈련원장은 산부인과 의사인데 선교사로 헌신 후, 선교사 후보생을 훈련하는 일에 헌신했다. 훈련생 하나하나에 깊은 애정을 갖고 방으로 찾아와 대화하면서 우리의 생각에 귀를 기울였다. 그분들이 사는 방에 갔을 때, 가진 것을 여행 가방 하나에 넣으면 다 들어갈 것 같은 간소함에 놀랐다. 선교사의 삶을 실제로 보았다. 지금까지 새겨둔 그분의 가르침이 있다.

"동역자에 대해서 긍정적인 것은 아무리 많이 말해도 좋지만, 부정적인 것은 누구에게도 말하지 마세요."

이 말이 현장에서 팀 사역을 하면서 잠언이 되었다. 선교사가 사역지를 떠나는 가장 큰 이유는 관계 때문이다. 같이 일하는 사람을 비난하고 욕하면 서로의 감정 계좌가 점점 마이너스가 되면서 회복 불능상태에 도달한다.

두려워하지 말고 여기서 많이 실수해라. 그래야 선교지에 가서 실수를 덜 하게 될 것이라며 가르침을 주었던 닥터 룽 원장과의 만남이 30년 선교사로 살면서 많은 도움이 되었다. 싱가포르에서 1년 동안 다른 나라 사람들과 살면서 다양한 문화를 경험하고 실수하면서 지낸 것이 선교지에서 와서 보니 자산이었다. 앞길이 보이지 않고, 어떤 길이 펼쳐질지 모르는 깜깜한 상황일 때 우리 선배들이 이미 걸어왔던 길이고, 여전히 그들이 가고 있는 길이라는 것이 두려움을 견디게 했다.

그들의 안내로 덜 헤매고 덜 실수하면서 이 길을 걸어왔다. 서른 살에 선교사가 되어 지나온 삼십여 년, 위대한 선교사는 아닐지라도 준비된 선교사로서 하나님이 마련해 주신 특별한 선물인 소풍을 마음껏 즐겼다.

죽어도 살아있는 사람

초등학교 때부터 뇌리에 박히게 배운 게 있다. '우리는 단일 언어와 단일 문화를 가진 단일 민족이다'라는 것이다. 중국계가 다수인 싱가포르에서 홍콩, 대만, 일본 사람과 함께 살아보니 우리 문화는 그들과 비슷한 게 많았다. 구정, 추석 명절 문화도 그렇고, 관습이나 생각도 그랬다. 자연환경의 변화, 특히 가뭄과 같은 재해가 닥치면 자연에 순응하고 살아야 했던 우리 할아버지들이 포기할 수 없는 삶을 위해 길을 떠나 새로운 땅에 정착해서 생명과 삶의 줄을 놓지 않고 살아냈기에 다른 듯 같은 문화가 가까운 나라에 공존하리라.

이 고상한 거짓말 때문에 어릴 때부터 우리는 단일 민족이라는 자긍심을 갖고 살았다. 그래서 우리는 재난에 처하면 하나가 되어 위기를 극복했다. IMF 사태 때 국가 부도 위기에서 금을 모은 민족은 한국 사람밖에 없었고, 그 어려움을 극복하고 고도의 성장을 이루어냈다. 그 당시 인도네시아 신문 1면에는 한국 사람들이 장롱에 넣어두었던 금을 가지고 나오는 모습이 대서특필되었다. 요즘 전 세계를 돌아다니는 코로나19 바이러스를 잘 대처하는 것도, 위기 상황에서 마음을 같이하

모두 선물이었다

여 극복하려는 마음 때문일 것이다. 우리는 참으로 대단한 민족이다.

그러나 나를 포함한 한국인의 독특한 모습이 있다. 프랑스인과 결혼한 지인이 말하길, 프랑스인은 사람을 집으로 초대하는 것을 싫어하는데 자기 집이 다른 사람과 같아지는 것을 싫어하기 때문이라고 했다. 우리나라 아파트는 같은 모델로 짓는데 다르면 팔리지 않기 때문이라고 한다. 싱가포르에서 오래 산 한국 사람이 말했다. 상술 좋은 중국 상인은 첫 손님으로 온 한국인에게 최저 가격으로 물건을 파는데 그 물건을 팔고 나면 줄줄이 같은 물건을 찾는 한국 사람의 특성을 알고 상술로 이용한다고 한다.

말레이시아에서 폭우로 인해 산사태가 나면서 아파트가 무너진 적이 있다. 그 아파트에 한국 사람이 많이 살았는데 다행히 낮이라서 인명 피해는 없었지만, 형체를 알아볼 수 없는 장미목 가구가 무너진 현장에서 많이 나왔는데 당시 고가의 장미목 가구가 유행했던 때였다고 한다.

우리는 다른 사람이 소유한 것을 내가 갖지 못할 때, 다른 사람이 하는데 나는 하지 못할 때 불안하다. 우리는 흑이 아니면 백, 좌가 아니면 우에 속하거나 같은 색끼리 모여야 편하다. 색은 검은색과 흰색 두 가지만 존재하는 것이 아니라 그 사이에 셀 수 없는 다양한 색들이 존재하고, 우리 눈이 인지하지 못하는 색들도 존재한다고 한다. 그림이 아름다운 것은 다양한 색들이 조화를 이루면서 자신만의 독특한 존재감을 드러내기 때문이다.

우리 안에 존재하는 이런 생각은 오래전부터 정치인들이 이용한 고상한 거짓말 때문이 아닐까? 고상한 거짓말이 국가를 지탱하고 공동체 의식을 갖게 하고 어려울 때 단결하게 만드는 힘은 있지만, 한국 밖으로 나와 다른 나라 사람들과 함께 사는 데에는 장애가 되었다. 다른 문화를 경험한 적이 없고, 자긍심 안에 숨어있는 배타성은 다른 사람과 부딪치고 조화를 이루고 사는데 어려움을 주었고, 세뇌된 고상한 거짓말은 나와 다른 것을 판단하게 하고 다르면 틀린 것이라는 생각으로 몰고 갔다. 그래서 낯선 나라에서 다른 나라 사람들과 함께 사는 게 쉽지 않았다. 나는 고상한 거짓말에 세뇌되었다는 것을 한국 밖에서 살면서 알았다.

원장에게 따지고 들이받는 사람은 한국 사람뿐이었다. 이미 형성된 삶의 태도와 생각이 있는 성인을 훈련하는 것은 고된 일인데, 다양한 문화를 경험하지 못한 한국 사람을 훈련하는 일이 쉬운 일이 아니라고 여겨졌다.

"우리에게 김치를 주세요. 여기 한국 사람이 반인데 왜 우리를 배려하지 않습니까?"

아침에는 빵, 점심과 저녁에 볶은 국수가 나오고, 밥이 있는 날에도 채소를 기름에 볶고 튀긴 음식을 세끼 먹으면 속이 메

승거리고 위가 편하지 않았다. 참고 견디던 훈련생 중 한 사람이 원장에게 한 말이다. 원장 부부가 마음고생을 많이 하는 걸 보면서 훈련은 훈련생을 위한 것이지만 훈련자도 같이 받는 것이라는 생각이 들었다.

새로운 문화에 적응하지 못해 실수하는 우리를 도와주고 격려해 주고, 지지해 주고, 참아주고, 기다려 주고, 의견을 존중해 준 그분들을 만났기에 선교지에 나와 그분들을 조금이나마 흉내를 내며 살고 있지 않나 싶다. 오랜 세월이 흘렀어도 ACTI 원장님 부부가 여전히 존경스럽다.

ACTI 훈련이 끝나갈 무렵, 아웃리치를 동말레이시아 사라왁으로 갈 때 모두 말라리아약을 먹었다. 하지만 태어난 지 두 달 된 아기에게 젖을 먹이는 나는 그 약을 먹지 못하고 정글 여행을 떠나게 되었다.

비행기에서 내려 부두로 가서 나무로 만든 작은 배를 타고 강을 따라 올라갔다. 양옆은 온통 나무로 무성하게 덮인 정글이었고 그 강을 따라 올라가다 보면 띄엄띄엄 강 위에 집이 길게 하나씩 지어져 있었다. 지붕은 하나인데 가운데는 긴 복도로 되어있고 양옆으로 방을 만들어 오십여 가구가 사는 곳도 있고, 작은 곳은 이십여 가구가 사는데 한 개의 롱하우스가 한 마을이었다.

저녁이 되면 마을 발전기가 돌아가고 천장에 매달아 놓은 전등에 희미한 불이 켜졌다. 그 아래서 열 명 안팎의 사람이 모여 예배를 드리는데 설교자가 영어로 설교하면 말레이어로 통역하고 말레이어를 그들의 부족어로 다시 통역했다. 예배가 세 배 길었다.

예배를 마친 후 남자들이 벽에 걸어놓았던 나무 방패와 긴 칼을 손에 쥐고 다리와 팔을 각지게 굽히면서 춤을 추었다. 전통춤으로 현재는 외국인인 우리를 환대하는 춤이지만, 그들의 조상들은 전쟁이 시작되기 전 정령의 기를 받기 위한 의식으로 추는 춤이었고, 그들의 조상은 다른 종족을 사냥했다고 했다.

집은 방이 두 칸인데 판잣집이라 얇은 판자를 넘어 옆집의 소리가 들어왔다. 방 옆에 있는 부엌에는 작은 아궁이를 흙으로 만들어 나무를 땠는데 그래서 시커멓게 그을린 냄비 두어 개가 벽에 걸려있고 몇 개 안 되는 그릇이 선반에 나란히 엎어져 있는 가난한 살림살이였다. 밤낮 할 것 없이 모기가 날아다녔고, 밤마다 깜깜한 방에서 모기들이 잔치를 열어 우리는 잠을 설쳤다. 손님인 우리를 위해 준비해 놓은 낡고 오래된 얇은 스펀지 매트리스는 때가 앉아 올은 보이지 않는데 팔을 움직일 때마다 모래 알갱이가 굴러다녔다.

사람들은 정글의 해충과 짐승을 피하려고 강 위에 집을 짓고 사는데 집 밖은 숲으로 쌓인 정글이라 온종일 롱하우스 안에서만 생활했다. 그렇게 살다 보니 아기엄마가 된 십 대들도

모두 선물이었다

있었다. 빗물을 식수로 사용하고 밤이 되면 동네마다 발전기를 돌렸다. 신기할 만큼 아기부터 어른까지 모두 쌍꺼풀이 있는데 같이 간 훈련생이 말했다.

"이 사람들은 태어날 때 쌍꺼풀이 없으면 어릴 때 수술을 시킨대요."

언어가 통하지 않아 현지인에게 물어보지 못하고 그의 말을 의심 없이 믿었는데, 인도네시아에서 살다 보니 그들은 유전인자 안에 쌍꺼풀을 갖고 태어나는 사람들이었다. 말이 통하지 않는 곳, 문화가 전혀 다른 곳에서 사는 것은 생각하지도 못한 오해와 오류를 낳는다.

아침에 일어나면 사람들이 모두 강으로 나가 목욕했다. 우리도 그곳 사람들처럼 긴 천을 몸에 두르고 황토색 강에 몸을 담갔다. 그 강 위에 화장실이 있는데 사람들이 볼일을 보면 똥덩어리가 떨어지기가 무섭게 물고기들이 몰려와 식사했고, 사람들은 그것을 잡아 반찬으로 만들어 주었다. 20세기 말, 같은 지구에 살면서 원시적인 삶을 살아내는 사람들이었다.

할머니들 가운데 귓불이 길게 늘어난 분들이 있는데 어릴 때 귓불에 구멍을 내서 작은 것으로 시작해서 점점 큰 동전을 끼워서 귓불이 10센티 이상 늘어진 할머니들도 있었다. 이제 시대가 지나 보기 싫은지 늘어진 귀를 자른 할머니들도 있었다. 그 옛날에는 그 마을에 미인의 기준이 귓불에 큰 엽전이 끼워진 사람이었나 보다. 롱하우스에서 웃음이 맑고 평온하게

살아가는 그분들과 지내보니 행복은 집이 크거나 많은 것을
소유해서 찾아오는 것이 아니었다.

　문명의 혜택을 보지 못하고 사는 이 땅의 이반족에게 누가
찾아와서 복음을 전했을까? 차나 비행기로 올 수 있는 도시도
아니고 찾아가지 않으면 만날 수 없는 소외되고 가난한 사람
들이 사는 땅, 학교도 없는 이 오지에 어떤 선교사들이 왔기에
이들도 하나님의 나라를 소유하고 살고 있는지 궁금했다. 지
금보다 훨씬 더 불편하고, 어렵고, 위험해서 병들어 죽거나 사
고로 하나님 나라에 먼저 간 얼굴 없는 선교사들이 떠올랐다.
먹을 음식이나 마실 물을 구하기 어려운 이곳에서 아무도 알
아주지 않고 드러나지 않아도 한 알의 밀이 된 믿음의 거인인
이름 없는 선교사들이 이곳에 왔기에 이 땅의 사람들이 하나
님의 나라를 소유하고 살고 있다고 생각하니, 따라갈 수 없는
그들의 삶과 믿음이 존경스러웠다.
　멀리 갈 것 없이 지금 우리가 하나님의 나라를 소유하고 사
는 것은 가난한 조선 땅에 찾아왔던 선교사들의 헌신 때문이
었다. 자녀를 잃고, 아내를 잃고, 젊은 나이임에도 세상을 떠나
면서도 자신의 생명을 심은 선교사들이 있었기에 지금을 사는
우리도 그 생명의 씨앗을 소유하고 사는 것이다.

　인도네시아 칼리만탄에는 다약족이 산다. 사라왁에 사는 이

반족과 조상이 같다. 칼리만탄에서 사역하던 미국인 선교사 부부가 ACTI에 와서 강의한 적이 있다. 부인 선교사는 칼리만탄에서 태어났는데 부모님이 그곳에서 선교했기 때문이었다. 부모님은 수십 년 동안 복음을 전하며 제자를 키웠는데, 그곳에서 종족 간에 갈등이 일어났을 때 그들이 키운 제자들이 다른 종족의 목을 '정글도'로 베는 것을 본 후 그의 어머니는 충격을 받고 세상을 떠났다. 그녀는 미국에서 학교에 다니다 결혼한 후 남편과 함께 자신의 고향인 칼리만탄으로 돌아가 부모님의 사역을 이어서 하고 있었다. 영혼을 구원하기 위해 그 땅으로 돌아간 자녀 선교사를 만나면서 믿음도 자녀에게 유전되는 것을 보았다.

편한 것, 안전한 것을 포기하고 오로지 복음을 위해 그 강을 수도 없이 오르내리며 복음을 전한 선교사. 어머니의 죽음도 말리지 못하고 대를 이어 헌신하는 선교사. 더위와 싸우고 말라리아, 뎅기 등 모기로 인한 열병과 음식이나 물로 인한 풍토병으로 먼저 온 선교사가 죽는 것을 보면서도 그 뒤를 이어 살아낸 선교사들. 그 정글 속에서 예배하는 이반족을 만나면서 죽어도 살아있는 선교사들을 만날 수 있었다.

갈 때 돌려주고 가세요

―――――――

"선교지로 갈 때까지 얼마간이라도 교회 없는 마을에 가서 삽시다."

싱가포르에서 훈련을 마치고 한국으로 돌아온 후 남편이 말했다. 책을 넣은 상자 하나, 옷가지가 든 가방 하나를 들고 막내를 업고 아직 어린 두 아이의 손을 잡고 여러 번 버스를 갈아탔다.

"누구신겨?"

뒤를 돌아보니 얼굴에 움푹한 주름이 가득하고 흰색 머리카락이 검은 머리카락보다 더 많은 앞집 할머니가 고개를 갸우뚱하며 담 너머로 우리를 보고 물었다.

"아, 안녕하세요. 저희는 서울에서 왔어요."

"그런교? 여기 농공단지에 일하러 왔나뵈?"

"아… 네."

목사라는 것도 교회를 개척하러 왔다는 말도 하지 못하고 그 할머니 말대로 농공단지에 일하러 온 사람이라는 말에 고개를 끄덕였다. 호기심과 의심이 가득한 눈으로 우리 다섯 식구를 보는 할머니를 뒤로하고 문 안으로 들어와 대문을 닫았

모두 선물이었다

지만, 우리 집보다 높은 앞집 할머니는 여전히 우리를 내려다보고 있었다.

처음 발을 내디딘 땅의 낯선 공기와 사람들이 두렵기도 하고 가보지 않은 길을 나설 때 오는 불안함이 몰려왔다. 합천의 문림은 같은 성씨가 모여 사는 집성촌이라서 외지인에 대해 배타적일 뿐 아니라 기독교에 대해서도 그랬다. 가까운 곳에 있는 해인사의 영향으로 예수를 믿는 이가 없었다.

우리가 월세로 들어간 집 주인 할머니는 무당이었는데, 합천읍으로 이사 가기 전까지 신당을 차리고 굿하던 방에서 우리는 예배를 드렸다. 여전히 합천에서 무당인 할머니는 사람들이 들어오지 않는 시골에 예배를 드리든지 말든지 집세를 받을 수 있으니 우리에게 집을 내주었다.

우리가 이사 오기 몇 해 전에 한 전도자가 이 마을에 들어왔지만 쫓겨갔다는 얘기도 들렸다. 동네에서 유일하게 한 할머니가 읍내에 있는 교회를 다녔는데 그 할머니는 동네 사람에게 왕따를 당했다.

한국에 있는 동안 몇 사람에게라도 복음을 전하려는 마음으로 내려간 곳이라 마을 사람들을 찾아다녔다. 아픈 사람을 찾아가 기도해 주면 거절하지 않았다. 동네 입구에서 가게를 하는 한 아저씨는 통증으로 누울 수 없다며 이불을 뭉쳐놓고 그 위에 엎드리고 있었는데 밤에도 그렇게 웅크리고 견딘다고 했다. 하루하루가 고통스러운 아저씨는 간암 말기 환자였다. 그의 부인은 우리가 그의 집에 들어갈 때나 나올 때 반갑게 인사하지 않았지만, 우리는 아저씨가 세상을 떠나는 날까지 찾아가서 기도해 주었다.

동네에 술만 마시면 부모를 죽이겠다고 겁박하면서 칼을 휘두르는 아들이 있었다. 어머니는 그를 여러 번 정신병원에 입원시켰다가 마음이 아파 아들을 다시 집으로 데리고 왔는데 아직 삼십 대 초반인 아들이 집으로 돌아오면 부모를 괴롭혔다. 희망이 없는 그 아주머니는 아들로 인해 주님을 의지했다.

처음 간 날 인사했던 앞집 할머니는 날마다 우리에게 상추를 가져다주었다. 할머니는 나이가 들어도 장가를 못 가고 술을 마시면 행패를 부리는 아들로 인해 수심이 가득했다. 어느 집도 고통이 없는 사람이 없었다. 일생 고된 농사를 지으며 살아온 연로한 어른들이 자녀 때문에 그리고 육신의 질병 때문에 힘든 삶을 살고 있었다. 위로가 필요하지 않은 사람이 없었다.

봄에 문림 마을에 발을 디뎠는데, 그해 성탄절에는 아이들과 함께 성탄 트리를 만들고, 부모님을 초청해서 발표회를 하고 예배도 드렸다. 교회에 나와본 적이 없는 어머니들은 무대 앞에서 율동하고 연극을 하는 자녀에게서 눈을 떼지 못하고 함박웃음을 웃었다.

선교지에 나갈 때까지 교회가 없는 마을에 가서 살자고 한 남편의 말을 따라 작정 없이 내려온 문림. 어렵고 힘든 삶을

모두 선물이었다

사는 사람들이 주님께 나오고, 어린아이들이 교회에 와서 예수님을 만났는데 그들과 그곳에서 일 년을 살았다. 길이 열리면 가고, 주어지는 길이면 갔다. 그 길에서 하나님의 손가락을 보며 걸었다.

"내가 목사님을 선교사로 보내려는 교회에 가서 따지려고 했습니다. 여기도 할 일이 많은데 목사님을 선교사로 파송하려는 교회가 많이 야속했습니다."

남편과 함께 지리산 골짜기마다 수도 없이 교회 개척지를 찾아다니며 지리산 사람들이 구원받기 위해 백방으로 힘을 썼는데 남편이 떠난 후 이 목사님은 날개를 잃어버린 것과 같은 상실감이 있었을 것이기에 아무 말을 할 수 없었다. 이 목사님이 다시 말했다.

"이 용달차 계시는 동안 쓰세요. 차가 없으면 불편할 거예요. 쓰다가 폐차를 하든지 다른 사람을 주든지 하세요."

작은 용달차에 그 교회 교인이 서울로 이사 가면서 놓고 간 장롱을 싣고 산청군 남사에서 합천군 문림으로 달렸다. 차는 이미 나이가 많아 달리다 멈추곤 했다. 차가 달리는 내내 긴장했지만 그래도 다시 시동 걸면 살아나는 차를 타고 집까지 무사히 왔다.

장롱을 들여놓고 여기저기 흩어진 옷가지를 넣으니 비로소 집이 정리되었다. 아쉬운 대로 동네 쓰레기장에 버려진 다리가 없는 책상을 주워와서 못을 박아 다리를 만들고, 아이의 세 발자전거는 진주에 있는 고물상에 가서 샀다. 며칠 후 이 목사 님 부부가 우리를 방문하면서 가스레인지를 사 왔다. 농촌의 개척교회 목사님의 생활을 알기에 미안하고 감사했다. 함께 일할 때나 선교지와 나와 살 때 형님처럼 사랑을 주신 분이다.

큰언니 집에서 이불을 가져올 때 걱정까지 담아 싸준 김치 는 며칠 되지 않아 시어 버렸는데 김치를 넣어둘 냉장고가 없 었다. 삼 개월 된 막내의 기저귀와 친정어머니까지 여섯 식구 가 내놓은 빨래는 날마다 빨래통에 가득했다. 수돗가에서 쭈 그리고 앉아 빨래하고 나면 점심나절이 되는데 아픈 허리를 오른쪽, 왼쪽 다리에 의지하며 빨래를 해서 왼쪽 무릎이 고장 났다.

지금은 한국이 잘살아서 어지간히 쓴 물건은 버리고 더 크 고 사용하기 편리한 물건으로 바꾸는데, 1990년 당시 오래 쓴 가전제품도 고쳐 쓰고 완전히 망가지지 않으면 버리지 못했 다. 세탁기와 냉장고 그리고 텔레비전만 있으면 좋겠다고 생 각했는데, 냉장고는 대구에 사는 시누이 친구가 친정으로 들 어가서 살게 되어 빌려왔다.

결혼하기 전 다니던 교회에서 사랑을 많이 주셨던 목사님이 창녕에서 목회를 해서 찾아뵙고 인사하러 갔는데 그분이 물었 다.

"김 선생님, 텔레비전 있으세요?"

"아니요."

유치원에 다니는 큰아이가 한국을 떠나면 한국말을 접할 기회가 없어 한국에 있는 동안 TV를 보면 한국말을 더 많이 배울 수 있을 것 같아 텔레비전이 필요했다.

"잘됐네요. 우리 텔레비전 가져다 보세요. 얼마 전에 교회에서 대형 텔레비전을 샀어요."

목사님은 그 무거운 브라운관 TV를 털털거리는 차에 실어주면서 말했다.

"선교지로 갈 때 돌려주고 가세요."

"……."

그 순간, 하나님이 나에게 하시는 말씀으로 가슴에 박혔다.

'아! 떠나는 날, 주인에게 모든 걸 돌려줘야 하는 거구나!'

우리는 언젠가 떠나는 존재이다. 이 땅에서 사는 날이 길든지 짧든지 이 땅에 존재했던 모든 이들이 간 그 길을 우리도 갈 것이다. 더 많은 것을 소유하려고 욕망과 욕정으로 삶을 소진하지만 어떤 것도 영원히 소유할 수 없다. 어느 날인가 죽음의 문을 넘어 영원한 나라로 떠나는 날, 우리는 빈손이다. 비싼 것, 귀한 것, 세상에서 하나밖에 없는 유일한 어떤 것을 가졌어도 떠나는 날에는 내 것이 아니다. 우리는 모든 것을 주인에게 돌려주고 가야 하는 존재이다.

솥과 냄비 하나, 밥공기, 숟가락, 젓가락도 식구 수만큼 살만했다. 필요한 게 많지만 참을만하고 부족한 게 많아도 견딜만

했다. 언젠가 떠나는 날 모두 짐이 될 것이기에 물건을 늘이지 않았다. 우리가 사는 동안 그렇게 많은 것이 필요하지 않은 것을 알게 되었다. 눈에 보이는 것을 적게 가질수록 하나님을 소유하게 되고, 욕망을 내려놓을수록 하늘에 속한 것을 소유하게 되었다.

모두 선물이었다

선교사로 안 가면 안 되니?

"여보, 우리 여기서 삽시다."

선교사로 파송되길 기다렸지만 일 년이 다 되도록 총회 선교부로부터 아무런 연락을 받지 못했다. 봄과 가을에 있는 선교사 인선 날짜를 물어도 이번에는 인선이 없다는 말로 우리를 누락시키는 것을 안 후 남편에게 한 말이다. 싱가포르에서 일 년을 지내면서 타국에서의 삶보다 우리나라 시골 농촌에서 목회하는 것이 더 어렵다는 것을 알았다. 싱가포르는 잘사는 도시 국가라서 모든 것이 갖추어져 있고 훈련생으로 살았기에 선교사로의 삶은 아니었지만 낙후되고 어려운 선교지로 가더라도 생활비를 보내주는 교회와 기도 후원자가 있어 시골에서 개척교회 목회자로 사는 것보다 안정된 삶이라는 생각이 들었다.

시골에서 개척교회 목회자로 사는 것이 쉽지 않았다. 양식이 떨어지기도 하고, 아이들의 옷은 다 얻어 입혀야 했고, 필요한 것을 사줄 수 없었다. 아이들이 원하는 것을 채워줄 수 없는 엄마 아빠로, 부모나 형제에게는 능력 없는 사람으로 사는 일이 쉬운 게 아니다. 예수님을 모르는 사람이 예수님을 만나 어렵고 가난한 삶 속에서 주님을 의지하며 천국 소망을 갖고 믿음으로 사는 것에 기쁨을 누리지 못한다면 시골에서 개척목회를 할 수 없다.

우리 집 담과 붙은 옆집 아저씨를 동네 사람이 반 무당이라고 했다. 직업이 따로 있는 아저씨를 왜 반 무당이라고 했는지 모르지만 빨래하다 일어설 때, 담장 너머로 아저씨와 눈이 마주치기라도 하면 나는 움츠러들었다. 그래도 용기를 내어 인사를 건네고, 장에 다녀온 날은 담 너머로 적은 것이라도 나누었는데 아저씨가 무섭고 조심스러웠다. 그 동네에서 쫓겨나지 않기만 바랐다.

아버지가 무서워서 자신이 기독교인이라는 말을 하지 못하는 그 아저씨의 딸은 도시에서 대학을 졸업하고 집에 와있었는데 대학 다닐 때 기독교 동아리에서 예수님을 만났다고 했다. 예배에 참석하지 못해서 평일에 같이 성경을 공부했다. 그 시골에서 복음을 믿는 젊은이와 성경을 나누는 것이 행복했다. 할머니 서너 명, 어린이들 열댓 명이 주일마다 예배를 드리지만, 전도가 어렵고 살기가 쉽지 않은 문림이 해외 선교지보다 더한 선교지라는 생각을 했기에 그곳에서 사는 것도 좋은 일이었다.

어느 날 지나가는 생각이 있었다.
'선교지는 아이들 교육이 어렵겠다!'

그와 동시에 나는 이렇게 기도하고 있었다.

"주님, 우리를 더 어려운 곳으로 보내주세요."

언어와 문화가 다른 나라에 부모를 따라가 살아내야 하는 아이들을 생각하니 마음이 짠했다. 선교지로 온 후 우리는 열 번 넘게 이사했고, 아이들은 초등학교만 네 번 전학했다. 그리고 중고등학교는 한국으로 와서 기숙사에 살았다. 친구를 만들 시간이 필요하고 부모의 인정과 격려가 필요한 우리 아이들에게 쉬운 일이 아니었다.

남편은 어떤 일을 결정할 때, 다른 사람이 가는 곳이 아니라 본인이 아니면 할 수 없는 곳에서 살고 싶다고 했다. 그 자리가 하나님이 부르신 자리가 아니겠냐고 했다. 남편은 쉽고 편하고 자신에게 유익하다고 생각되는 길보다 하나님이 원하시는 길을 가길 원했다. 그래서 우리는 평평한 길보다는 울퉁불퉁한 길, 길이 없는 곳에 길을 만드는 개척자의 삶을 살았다.

어느 날 길을 걸으면서 나는 나에게 질문했다.

'왜 이렇게 살고 있지?'

그 생각과 동시에 툭 튀어나오는 말이 있었다.

"소명이었구나!"

소명이 이끄는 삶이었다. 남편을 부르신 하나님이 나도 부르셨다는 소명. 그래서 어떤 길이든 하나님이 부르신 곳에 있고 싶었다. 선교사의 삶 중에 제일 어려운 것이 자녀 교육이라고 생각하며 선교사로 자원했는데, 아이들은 다양한 경험을 하며 자랐고, 하나님은 우리가 생각하지도 않은 것, 상상하지도 못한 일들을 이루어 주셨다. 소명에 이끌리어 앞뒤 안 재고, 좋은 것 싫은 것 가리지 않고 미련하게 걸어왔다. 그러나 지난 삶, 남편을 만나 함께 걸어온 세월이 사십 년이 되어가는데 이 길에서 만난 소중한 사람들과 아름다운 일들이 걸어왔던 길에 가득 쌓여있다. 은혜, 감사라는 밑을 알 수 없는 깊은 우물이 언제부턴가 내 안에 들어와 있다.

일흔 살이 넘은 어머니는 아픈 허리를 펴지 못할 때가 있었지만 우리가 동네에 전도하러 나가면 손주들을 업어주셨다. 어머니는 입버릇처럼 한 말이 있다.

"지금처럼 유산을 시킬 수 있었다면 유산시켰을 텐데, 너를 낳지 않았으면 어떡할 뻔했니?"

마흔셋에 낳은 막내와 인생의 말년을 함께 보낸 어머니는 막내딸을 많이 의지했고 주는 사랑도 특별했다. 선교지로 나갈 날이 결정된 어느 날, 어머니가 힘없이 물으셨다.

"선교사로 안 가면 안 되니?"

나는 어머니의 생각이나 마음을 들으려고 하기보다 오히려 흔들림 없이 대답했다.

"하나님이 부르셨는데 가야죠."

"……."

아무런 말을 잇지 않았던 어머니는 그날 쓰러지셨다. 다급

모두 선물이었다

하게 그 시골에서 어머니를 모시고 진주 병원으로 갔는데 당뇨 수치가 너무 올라서 쇼크가 왔다고 의사가 말했다. 사랑은 내리사랑이라고 하지만 나는 어머니가 주신 사랑에 십 분의 일도 못 드렸다. 그때까지 어머니의 당뇨를 몰랐다.

'아, 엄마의 마음이 이토록 힘드셨구나!'

어머니는 딸이 선교지로 나가는 것이 큰 고통이었나 보다. 그때는 어머니의 마음이 어떤지, 얼마나 아픈지 잘 몰랐다. 아프면 아픈 대로 상처가 있으면 상처가 있는 대로 누구에게도 보여주지 않고 사시던 어머니의 가슴이 먹먹하고 막혀서 쓰러지신 것이리라. 일을 잘하고 소명에 따라 살면 되는 줄 알았다. 그래서 아픈 어머니에게 따뜻한 말을 하지 못했다. 딸이 훌쩍 떠나버리면 홀로 남겨지는 게 아팠을 어머니의 마음을 한참 후에야 알았으니 어머니에게 나는 좋은 딸이 아니었다.

어머니는 우리와 같이 사는 게 좋다고 했다. 말이 많지 않은 사위가 어렵긴 해도 우리 집에 와서 아이들 돌봐주고 딸을 도와주며 사는 것을 행복해하셨다. 어머니는 하루 세 번 정해 놓은 시간마다 예배당에 앉아 성경을 읽고 기도하셨다. 몇 시간씩 기도하는 소리가 문밖으로 흘러나왔는데 자녀들을 위한 기도를 많이 했다. 특별히 어려움을 겪는 아들을 위해 기도를 할 때는 눈물을 흘리며 기도했다. 우리를 위한 기도도 빼놓지 않았는데 "김 목사를 하나님이 크게 사용해 주소서"라고 사위를 위해서 하루도 빠짐없이 기도하셨다. 자녀의 이름을 하나하나 부르며 기도한 후, 다른 이들과 나라와 민족을 위한 기도도 빼놓지 않으셨다. 무릎 꿇고 기도하다 허리가 아파 견딜 수 없으면 엎드려서 기도했는데 성경에 닿은 어머니의 이마는 검게 변했다.

어머니는 나와 같이 사는 게 좋다고 했는데 나는 어머니에게 좋은 딸이 아니었다. 어머니에게 파마해 드리겠다고 한 날, 머리를 짧게 깎은 탓에 파마 기구가 잘 감기지 않았는데 마치 어머니 탓인 양 큰소리로 짜증을 부린 적이 있었다. 처음으로 하는 것이라 내가 미숙한 탓인데 짜증은 어머니에게 부렸다. 나이 들어 딸 집에서 사는 게 쉽지 않았을 텐데 약해진 어머니에게 내뱉었던 말들이 떠오르면 그 말들이 내 가슴을 찌르는 말로 돌아온다.

우리가 선교지로 떠나면 아들 집으로 돌아가서 살아야 할 것을 미리 걱정해서 이런 상황에서는 이렇게 하시라, 저런 상황에서는 저렇게 하시라고 잔소리하고 핀잔을 주고 어머니를 가르치려고 했다. 가난하고 늙은 어머니, 자신보다는 자식을 위해 평생 사신 어머니를 자랑스럽게 여기기보다는 부끄럽게 여겼다. 어머니는 내가 하는 말에 화를 내지도 않고 별다른 말도 하지 않으셨는데, 지금은 그렇게 살다 가신 어머니 생각에 마음이 저린다. 어머니가 쓰러지기 전에 호박죽이 드시고 싶다고 해서 끓여드리겠다고 말했는데 영원히 지킬 수 없는 약속이었다.

음지에도 들어오는 볕

문림에서 지낸 지 일 년이 되는 어느 날 총회 선교부에서 전화가 왔다.

"내일 선교사 인선하는 날입니다. 오전 아홉 시까지 오세요."

합천에서 서울에 가려면 버스 타는 것만 일곱 시간 이상이 걸리는데 급작스럽게 연락을 받고 보니 어떻게 해야 할지 당혹스러웠다. 아이들을 남겨놓고 우리 부부는 막차인 서울행 고속버스에 올랐다.

다음 날 아침, 모임 장소에 도착하니 다른 선교사 후보생들도 와있었다. 인선을 위해 온 후보생 부부가 인선위원들 앞에 앉아 이런저런 질문에 답했다. 우리 차례가 되어 앞으로 가서 앉았는데 인선위원장이라는 분이 우리가 자리에 앉기가 무섭게 입을 열었다.

"김 목사, 왜 당신은 당신 맘대로 합니까?"

"⋯⋯."

그분은 다소곳이 앉아있는 우리를 계속 나무랐는데, 한 번도 만난 적이 없는 분이 강한 어조로 삼십 분이 넘게 화를 내며 하는 말 중 어느 것도 동의가 되지 않지만 말 한마디 하지 못하고 앉아있으려니 눈물이 쏟아졌다.

'우리가 무엇을 맘대로 했다는 거지?'

우리는 선교사로 가기 위해 스스로 결정하고 행동한 것이 없었다. 싱가포르에 훈련 갈 때도 이력서를 내거나 보내달라고 요청한 적도 없고, 다른 교회에 우리를 선교사로 파송해 달라고 부탁한 적도 없었다. 일 년 중, 봄과 가을에 두 번 총회 선교사 인선을 거친 후 팔 주 훈련을 받아야 총회 선교사로 파송받을 수 있어서 인선을 기다리며 시골에서 살았다. 총회 선교부에서 연락이 오기 며칠 전 전화를 걸어 이번 인선 날짜가 언제냐고 물었을 때도 "이번에 훈련이 없다"라는 답만 돌아왔다. 지난번 가을에도 그랬고 그 봄에도 없다더니 하루 전날 연락을 받고 간 자리였다.

도대체 우리가 무슨 잘못을 했기에 총회 선교부에서 인선 날짜를 알려주지 않고 연락해도 인선이 없다고 했는지 오랫동안 몰랐다. 그날 그 어른이 쏟아내는 야단을 맞고 앉아있으려니 억울하고 마음이 상해서 눈물 콧물이 범벅이 되어 흐르는데 가만히 듣고만 있었다. 그날 "어떤 연유로 그렇게 말씀하세요?"라고 물어만 봤더라도 그렇게 억울하지 않았을 것이다.

나는 아직도 그분이 왜 그렇게 화를 냈는지 이해가 되지 않는다. 젊은이가 하나님을 위해 자신의 삶을 드리려고 하는데 그것을 귀하게 여기지 않고 한 번 만난 적도 없는 그분이 우리의 말은 한마디도 들어보려 하지 않고 누구의 말을 듣고 그렇게 화를 내는지 알 수 없었다.

선교지에 살면서 한참 후에 알게 된 것은 우리가 싱가포르에서 훈련받은 것이 문제였던 모양이다. 많은 돈을 들여 한 선교사 가정을 훈련받게 한 것이 파송하려는 교회나 우리에게 미운털이 된 것이었다. 결국 그 교회가 우리를 파송하지 않겠다고 결정을 한 후 인선해 주었다.

우리를 야단치던 분이 다른 교회는 안 되고 한 교회를 소개하면서 그 교회의 파송을 받고 선교지에 나가라고 못을 박았다. 어이가 없는 것은 우리가 맘대로 한 게 아니고 그분이 맘대로 우리를 결정해 주었다. 그 어른이 하는 행동을 받아들이기 어려웠지만 따랐다.

우리를 싱가포르에 보내 훈련을 받고 준비된 선교사로 파송하려던 교회는 우리를 파송하기 전 선교사가 아무런 걱정 없이 선교만 전념할 수 있도록 선교사 파송 정관을 바꾸었다. 선교지에서 필요한 크고 작은 것과 개인적인 장비도 지원하겠다고 했다. 만약 그 교회의 파송을 받았다면 지금까지 재정적인 어려움으로 마음을 졸이지 않고 사역을 펼쳤을 것이다. 누구에게도 어렵다는 소리를 하지 못하고 있으면 있는 대로, 없으면 없는 대로 사는 탓에 사는 게 고생스러웠다. 아이들이 학비를 거의 내지 않는 현지인 학교에 다녔는데도 생활이 어려웠던 탓에 매일 새벽마다 선교관으로 가서 무릎을 꿇었다. 기도를 마치고 집으로 오면 초등학생인 큰아이는 아침도 먹지 못

하고 집을 나섰다. 인도네시아는 아침 일곱 시에 학교 수업이
시작되기 때문이다.

　길이 막히고, 끝이 보이지 않는 길을 돌아가는 것 같고, 불이
익과 거절과 외면당하면서 죽을 것처럼 아픈 때도 있었다. 그
래서 울었는데 그 아픔들이 하나님과 연결되는 통로였다. 어
려움이 없고 부족한 것이 없다면 하나님을 매일 만나지 못했
을 것이다. 하나님은 기도의 자리에서 길을 열고, 길을 펼치고,
길을 만들어 주셨다. 그 길에서 하나님과 동행하는 법도 가르
쳐 주셨고, 자족과 만족 그리고 그분을 신뢰하는 믿음도 선물
로 주셨다.

　오랜 시간이 지난 후, 우리에게 그리도 화를 냈던 분이 인도
네시아에 와서 우리의 도움이 필요한 때가 있었다. 그분을 만
나니 인선할 때의 일이 떠올랐지만, 기꺼이 도와드렸다. 사람
은 권력을 가지고 휘두를 때가 있지만 그것에 맞아 고통당한
사람과 만날 때도 있다. 어느 권력이든 그 자리에서 내려오는
때가 있고 그 자리가 바뀌기도 한다. 그래서 어떠한 상황에서
도 사람을 존중해야 한다. 해는 양지에만 있는 것이 아니라 음
지에도 내려오기 때문이다.

　　　　　　　　모두 선물이었다

3장

다시 태어나도 가고 싶은 땅
바탐, 인도네시아

낙타 무릎 · 갈등 · 조율사 하나님 · 예수 이름으로
짠물 먹는 나무 · 행복한 선교사 · 팀 선교 · 광야 학교
선교사님이 오지 않았다면 · 쓰나미와 사람들
마흔여섯 살 새내기 · 선교사 자녀 · 새로운 습관

나는 포도나무요
너희는 가지라
그가 내 안에
내가 그 안에 거하면
사람이 열매를 많이 맺나니
나를 떠나서는
너희가 아무것도 할 수 없음이라

_ 요한복음 15장 5절

낙타 무릎

  남편은 몸살인 것 같다고 자리에 누웠다. 하루는 열이 오르고 다음 날은 열이 떨어졌는데 날이 지날수록 열이 더 올라갔고, 오르고 내리는 주기는 짧아졌다. 닷새 되는 날에는 체온이 41.2도까지 올라갔다. 그리고 의식을 잃었다. 남편은 의식을 잃은 후 모든 기억이 지워져서 머릿속이 하얗게 됐다고 했다. 누워있는 자신을 보면서, '내가 왜 누워있지?'라는 생각을 시작으로 가장 가까운 기억부터 돌아오고 있다고 했다. 남편의 장기기억이 돌아오기까지 오랜 시간이 걸렸다.

  남편은 현지인 목회자와 함께 한 달에 한 번, 일주일 동안 섬에 전도하러 갔다. 바탐 주변에는 3,000여 개의 섬이 있는데 현대문명과 거리가 먼 사람들이 사는 섬이다. 남편은 혈압기와 수지침을 들고 다니면서 아픈 사람들을 찾아가 기도해 주고 수지침을 놔주었다. 이슬람이 강한 인도네시아에서 선교사라는 것을 드러낼 수 없었다. 섬사람들은 남편을 의사라고 불렀다. 병원에 가본 적이 없고, 약을 써본 적이 없는 이들이다. 그들은 평생 몸담고 사는 배가 바람과 바닷물이 가는 대로 떠내려가듯, 그들의 삶 또한 자연에 맡기고 병에 걸리면 어쩌지 못하고 떠내려가는 삶이었다.

 '리나우' 섬에 갔을 때, 한 할아버지가 뼈만 남은 누런 얼굴로 얕은 숨을 쉬며 누워있었다. 며칠째 열병을 앓고 있는 할아버지였다. 남편이 물었다.

 "어르신, 기도해 드릴까요?"

 "아니요. 필요 없어요. 나는 내 때를 압니다."

 육십이 넘은 이 섬의 추장 할아버지는 죽을 때가 되었다면서 기도를 거절했다. 리나우 섬사람들은 바다에서 온 가족이 일생 쪽배를 타고 사는 '바다족'이다. 이들은 바다에서 태어나고 바다에서 살다가 죽으면 바다로 던져진다. 그들은 여전히 원시적인 삶을 산다. 농사를 짓지 않을 뿐 아니라 채소도 재배하지 않는다. 잡은 물고기를 쌀로 바꿔 밥을 지어 먹는다. 작은 쪽배는 그들의 집이다. 바다에서 태어나고 바다에서 살다 바다에서 죽는 이들이기에 글을 쓰거나 읽을 줄 모른다.

 인도네시아 정부는 바다족이 바다가 아닌 땅에 정착해 살라고 바다 위에 판자로 집을 지어주었다. 그들이 그곳에 정착한 후에도 남자들은 한 달의 보름은 작은 배를 타고 바다로 나가 고기를 잡고, 나머지 보름은 집으로 돌아와 산다. 그래서 평생 가난한 사람들이다. 복음을 들은 적이 없는 사람들이고, 자연을 숭배하며 사는 사람들이다. 남편은 몇 차례 그 섬으로 전도하러 갈 때마다 추장을 만나 말했다.

"어르신, 예수 믿으세요."

"공무원들이 와서 우리가 이슬람교도가 되면 옷과 먹을 것을 주겠다고 했는데, 우리가 예수를 믿으면 당신은 우리에게 무엇을 주겠소? 배라도 하나 사주겠소?"

"어르신, 배를 사주지 못해도 선생님을 보내서 아이들에게 공부를 가르치겠습니다."

바다족은 생선을 잡아 팔거나 바다에서 자라는 맹그로브 나무를 베어다 팔아 곡식과 채소로 바꾸어 먹는다. 가게를 하는 중국계 상인이 속여도 써놓은 장부를 읽지 못하니 그들은 늘 빚이 있다.

기도 받기를 거절하는 아픈 할아버지를 두고 떠나려니 발이 떨어지지 않았지만 어쩔 수가 없어 다른 섬으로 가기 위해 배를 타려는데 갑자기 맑던 하늘이 어두워지면서 비가 억수같이 내렸다. 두 시간 동안 발이 묶였다. 비가 그치고 배를 타려고 하는데 한 아이가 뛰어오면서 우리를 불렀다.

"아저씨, 아저씨, 할아버지가 기도해 달래요."

남편은 할아버지에게 손을 얹고 간절히 기도한 후 볼펜 끝으로 그의 손바닥 혈 자리를 꾹꾹 눌렀다. 여러 날 먹지 못해서 기력이 없는 할아버지에게 수지침을 놓으면 쇼크가 올 수 있기에 혈 자리를 눌러주었다. 그리고 다른 섬에 갔다 며칠 후에 돌아오겠다고 했다.

나흘 후 그 섬에 다시 갔는데 할아버지는 없었다. 다른 섬으로 나무를 하러 갔다고 했다. 죽음의 문턱에 있던 할아버지가 나무하러 나갔다는 말에 놀라는 남편을 보고 그 손자가 말했다.

"할아버지가 아저씨 오면 꼭 만나고 가라고 했어요."

할아버지는 기다려도 오지 않았다. 일주일간의 섬 여행으로 지친 남편이 집으로 돌아오려면 다른 섬으로 가서 바탐행 배를 타야 한다. 그래서 배를 놓치기 전에 가려고 쪽배를 타려는 순간 또 갑자기 비가 두 시간 동안 쏟아졌다. 비가 그쳐 배를 타고 떠나려는데 저쪽 섬 끝을 돌아오는 배가 하나 있었다. 추장 할아버지였다. 할아버지는 배에 맹그로브 나무를 싣고 노를 저어 와서 말했다.

"나, 예수를 믿겠소."

"……."

"당신이 왔던 날, 당신이 나에게 손을 얹고 기도할 때 내 머리가 시원해지면서 열이 점점 몸 아래로 내려갔는데 발끝에 가서 열이 모두 떠나는 걸 느꼈소. 물을 마시고 음식을 먹게 되어 이렇게 몸이 회복되었소. 나를 살려주신 예수를 믿겠소."

그날 모든 마을 사람들이 그의 집에 모여 예배를 드리고 예수님을 영접했다. 나무를 바다에 박고 지은 그의 집에 마을 사람이 들어오니 집이 흔들거렸다. 그 저녁에 할아버지와 섬사람들이 바닷속에서 세례를 받았다. 예수를 믿자마자 세례를 주는 것은 이슬람이 이 소식을 알면 방해할 것이기 때문이었

모두 선물이었다

다. 그 섬의 모든 사람, 아이들까지 100여 명이 구원받았다.

그 섬에 가려면 바탐에서 일곱 시간 통통 배를 타고 한 섬에 내려 다시 작은 배로 바꿔 타고 가야 닿는 작은 섬이다. 타고 다니는 작은 배는 지붕이 없어 열대의 뜨거운 햇볕을 머리에 이고 있기에 담요를 뒤집어쓰고 다닌다. 이 섬 저 섬을 돌아다니다 다행히 밥때가 되어 한 섬에 도착하면 밥과 기름에 튀긴 생선을 얻어먹지만, 밥때를 놓치거나 같이 먹자고 하는 사람이 없으면 굶었다. 식당도 숙박시설도 없다. 어떤 섬이든 맞아주는 집에서 먹고 잠자리를 얻는다. 들어오라는 집이 없으면 바다 위에 흔들리는 쪽배에서 웅크리고 잠을 청하는데 그런 다음 날은 땅에 발을 디디면 땅이 바닷물처럼 출렁거렸다. 섬사람들만큼 꼬질꼬질한 판자 바닥에서 잠이 들면, '수입' 피를 좋아하는 모기가 떼로 몰려와 밤새도록 잔치를 벌이지만 그래도 그 집은 배에 비하면 호텔이었다.

섬에서 돌아온 후 남편은 아팠다. 친구인 현지 의사가 집으로 찾아와서 남편을 진료한 후, 이곳 병원에 가면 위생이 좋지 않아 오히려 병을 옮아온다면서 장티푸스약을 주고 갔다. 1994년 당시 바탐에는 정부에서 운영하는 병원이 하나 있었는데 시설이 열악했다. 의사들도 많지 않을 뿐 아니라 의료 수준이 매우 낮았다. 죽을 먹고 얼음으로 열을 식히고 의사가 준 약을 먹었지만, 체온이 올라가는 주기가 점점 빨라졌다. 남편은 열이 올라가면 온몸을 바들바들 떨었는데, 그렇게 몸을 떨고 나면 땀이 비 오듯 쏟아졌고, 그리고 열이 떨어졌다. 남편은 고열 때, 뾰족한 유리가 허리를 사정없이 찌르는 것 같다며 고통스러워했다. 얼마나 아픈지 남편이 십자가에서 온몸이 찢어지신 예수님의 고통을 조금 알 것 같다고 했다. 이런 고통이 반복되었다. 체온이 41.2도 되는 날은 온몸이 불덩이였다. 그러나 그날은 열은 계속 올라가는데 몸의 떨림이 없고 땀도 나지 않았다. 고열이 나면 자율신경이 기능하지 못해서 땀을 배출하지 못하고 열이 떨어지지 않아 결국 죽음에 이르게 된다고 한다. 남편은 의식을 잃었다.

'아! 이러다 큰일 나겠다.'

그때서야 기도를 부탁하기 위해 싱가포르 한인교회를 섬기는 손 선교사님께 연락했다. 손 선교사님은 햇병아리인 우리가 싱가포르에 도착하는 날, 늦은 밤인데도 마다하지 않고 우리를 마중 나오셨다. 어려울 때마다 도와주고 길을 알려준 선임인 손 선교사님으로부터 우리는 선교사의 삶을 배웠다. 손 목사님은 병원비 걱정하지 말고 싱가포르로 어서 나오라고 했다. 남편은 싱가포르의 전염병 전문병원에 입원했다. 말라리아였다.

아플 때, 어려운 일을 당할 때 한국에 소식을 전하기가 쉽지 않다. 상황을 더 크게 생각하고 상상까지 더해 걱정할 것 같아서다. 다급한 상황이라 후원 교회에 연락드렸더니 마침 수요

모두 선물이었다

일 저녁예배 시작 전이라서 성도들이 예배 시간에 기도해 주었다. 남편은 이렇게 죽음의 고비를 넘겼다. 병원에서 퇴원하면서 남편은 섬사람들을 구원할 수만 있다면 이렇게 아파도 좋겠다며 힘없이 하얀 이를 드러내면서 웃었다.

"하나님, 사랑하는 아들 김동찬 안아주세요. 사랑하는 아들 김동찬 안아주세요."

박 전도사님이 새벽에 일어나 기도하는 중, 갑자기 남편이 떠올라 그렇게 기도를 했다고 했다. 매일 새벽 세 시가 되면 더 누워있는 것이 하나님께 죄송해서 일어나 기도한다는 전도사님은 그날 새벽 다른 기도는 할 수 없고 김동찬 선교사를 안아달라고 간절한 마음으로 날이 샐 때까지 기도했다. 이유를 알 수 없는데 마음은 안타깝고 다른 일이 손에 잡히지 않아 이 말을 반복하며 기도했다.

전도사님이 나흘 동안 이렇게 기도하는데 하늘로부터 성령의 불이 원자 폭탄 모양으로 인도네시아 김동찬 선교사가 사는 곳으로 쏟아져 내려오는 환상이 보였다. 그 후 전도사님은 마음이 평온해지면서 우리를 내려놓을 수 있었다. 지리산에 사는 사람들을 구원하기 위해 박 전도사님은 함양 산골에서, 우리는 산청 골짜기에서 교회를 개척해서 자주 왕래 하지 못했는데 우리가 선교사로 간 후 하루도 빼놓지 않고 우리를 위해 기도했다고 했다.

첫 안식년, 한국에 왔을 때 박 전도사님이 우리를 만나고 싶다고 해서 함양 가성교회에 갔다. 연로하신 여전도사님은 잔칫상에 올려놓을 수 없을 만큼 많은 음식을 만들어 놓고 우리를 기다렸다. 전도사님은 남편이 병원에서 퇴원하고 나서 쓴 기도 편지를 받은 후, 리나우 섬의 추장과 그 섬사람들이 예수님께 돌아오고, 남편이 열병으로 죽음의 문턱에 있었다는 것을 알았다. 그런 상황에서 자신을 불러 기도하게 하시고 놀라운 일을 행하신 하나님께 감사했다며 그때 일을 회상하면서 눈물을 흘리며 간증했다.

다른 섬으로 가려 할 때, 하나님이 두 시간 동안 비를 내려 남편 발을 묶고 추장 할아버지의 마음을 움직여 그의 병을 고쳐주신 것, 또 바탐 집으로 돌아가려는 남편을 두 시간 동안 비를 내려 발을 묶어 할아버지가 돌아올 때를 기다리게 한 것, 리나우 섬에 사는 어른들이 세례를 받고 아이들과 함께 모든 섬사람 100여 명이 하나님에게로 돌아온 것, 남편이 말라리아로 죽음의 고비를 넘긴 것, 이 모든 일이 우연이 아니었다. 먹지도, 자지도 못하면서 간절하게 기도한 여종의 기도 응답이었다는 것을 알게 되었다.

나는 선교지에서 일이 일어나고 이루어지는 것이 선교사의 열정이나 능력으로 되는 줄 알았다. 그러나 어떤 일을 이루었다 해도 내가 한 것이 아니다. 안식년이 되어 한국에 돌아오면 만나는 사람들이 한결같이 하는 말이 있다. 새벽마다 우리 부부와 우리 아이들의 이름을 부르며 기도한다고 했다. 선교지 사람들의 말을 알아듣지 못하고 타 문화에 자신을 적응시키기 위해 고군분투하다 한국에 돌아와 기도해 주는 분들을 만나면 우리가 결코 혼자가 아니었고 혼자 살아낸 것이 아니라는 생각이 든다. 보이지 않는 곳에서 기도하는 사람들의 간절한 기도 덕분이었다. 사람들은 선교지에 세워진 건물과 사람 수를 보고 선교사를 평가하고, 마치 선교사가 이루어 놓은 일처럼 칭찬하지만, 그 평가가 함정일 때가 있다. 선교사가 이루어 놓은 일이 아니라 배후에서 기도하는 사람들의 기도가 길을 만들고 일을 이룬 것이다. 사람들은 눈에 보이는 것으로 평가를 하지만 하나님은 눈에 보이는 것이 아닌 은밀한 것, 우리의 내면을 보신다.

바탐에 오는 사람들이 한결같이 물어보는 말이 있다.

"어떻게 이렇게 험악한 곳에서 사세요?"

바탐 항구에 내리면 습도는 높고, 뜨거운 날씨가 기다린다. 그리고 험상궂게 생긴 사람들이 우르르 몰려와 알아들을 수 없는 말을 한다. 택시 기사들이 자기 차를 타라고 몰려오는 것인데 공포를 느끼게 한다. 우리가 지금까지 이곳에서 살 수 있었던 것은 날마다 우리를 위해 기도해 주는 그 기도의 힘이다. 선교사의 삶이 행복한 것은 생각하지도 않는 곳에서 날마다 낙타 무릎이 되기까지 기도하시는 분들의 기도가 있기 때문이다. 선교 현장에서 살면서 우리는 이 기도의 힘을 강하게 느낀다. 선교비를 보내지 못해 미안하다고 말하는 이들을 만나는데, 선교비보다도 더 귀한 것이 기도다. 기도가 모든 일을 이루기 때문이다. 우리는 지금까지 살면서 가장 많이 진 빚이 기도의 빚이다.

박 전도사님은 이제 천국에 가야 만날 수 있다. 우리가 그교회에 갔을 때 그리도 좋아하며 간절하게 기도했던 순간의 흥분을 감추지 못하고 말씀하시던 전도사님. 선교지에서 고생 많았다며 많이 먹으라시던 할머니 전도사님. 그 기도의 거인으로 인해 리나우 섬 추장은 살아나고, 그 종족이 주님께 돌아왔을 뿐 아니라 남편도 죽음에서 건져져서 지금까지 삼십여 년간 이 자리를 지키고 있다.

모두 선물이었다

갈등

선교지인 인도네시아 자카르타공항에 처음 도착했을 때 공항 안에 에어컨이 없었다. 공항 안이나 밖이 똑같이 더웠다. 이제 돌 지난 셋째를 업고 두 아이의 손을 잡고 커다란 이민 가방을 두 개를 끌고 다섯 식구가 공항 밖으로 나왔지만 반겨주는 이는 없었다. 덥고 낯선 냄새들만이 우리를 맞았다. 작고 오래된 공항 바닥에 사람들이 누워 자고, 줄지어 차를 대고 기다리던 택시 기사들이 우리를 향해 소리를 질러댔다. 인도네시아에서는 아무 택시나 타면 안 된다는 선배의 조언을 들은 터라 모든 상황이 두려웠다.

아침에 김포공항에서 가족과 작별할 때 "이제 다시 볼 수 있겠냐?"며 연로한 어머니는 우셨다. 보내는 사람이나 떠나는 우리도 만남을 기약하지 못했다. 선교지는 선교사의 무덤이라고 여겼기에 가족과의 이별은 아픔이었다. 그 아픔을 마음에 구겨 넣고 비행기에 올라 장시간 날아왔기에 남편은 이미 코를 골고, 아이들도 새근새근 잠이 들었는데 나는 그 소리에 예민해져서 생각은 나쁜 쪽으로 계속 커졌다. 그 밤, 자카르타의 한 한인교회 유치원 교실 바닥에 누워 한 번도 와본 적이 없는 길에 대한 두려움이 공항에서 만난 낯선 장면들과 겹쳐졌다.

"댕댕, 드드득, 쓱쓱."

밖은 깜깜한데 잠들만하면 이 소리가 창문으로 들어왔다. 인도네시아 자카르타에서의 첫날 밤은 공포와 같이 지냈다. 어두운 밤에 정체를 알 수 없는 소리는 도둑이 담을 넘어 들어오는 소리처럼 들렸다.

우리 아이들은 자고 일어나자마자 그 교실에 있는 처음 보는 장난감에 마음을 빼앗겼다. 옷걸이에 걸려있는 원아용 군복을 입고 서로를 보며 깔깔대고 웃었다. 아이들에겐 새로운 환경과 이제 막 도착한 나라가 두려움이 아니라 재미있는 놀이터였다. 아이들은 엄마와 아빠가 옆에 있으면 만사 오케이였다.

언어를 배우기 위해 반둥으로 갈 때 4848이라는 택시를 탔다. 주소를 받은 기사는 쉬지 않고 여섯 시간을 달렸다. 택시는 이미 폐차할 만큼 오래된 차인데, 높은 산길에서도 속도를 줄이지 않고 곡예하듯이 달렸다. 말 한마디도 통하지 않는 운전사에게 우리를 맡기고 가는 길이 걱정되고 두려웠지만, 아이들은 그 차 안에서 끊임없이 종알거렸다.

반둥에 도착해서 선배 선교사가 계약해 준 집으로 들어가 대충 씻고 잠을 청하는데 지난밤 유치원 교실에서 들리던 소리가 또 들려왔다. 그것도 매일 밤 들렸다. 한참 지난 후 인도네시아 말을 조금씩 알게 되면서 그 소리의 정체도 알게 되었다. 치안이 안 좋은 이 나라는 동네마다 사설 경비를 세워 밤을 지키는데 그 소리는 새벽 한 시부터 네 시까지 시간마다 전봇대와 울타리를 때리거나 긁으며 사람들에게 보내는 신호였다.

"우리가 이 밤을 잘 지키고 있습니다. 지금 당신 집 앞을 지나가고 있으니 걱정하지 말고 주무세요."

우리의 상상이 얼마나 허구인지. 하나님을 나의 아버지라고 고백하고 그분을 위해 살겠다고 작정하고 나선 길인데 첫날부터 나는 그렇게 흔들거렸다.

바탐에 온 지 얼마 안 돼서 두 종족 간의 싸움이 일어났는데 원인은 프로레스족이 바탁족을 무시했다는 것이 이유였다. 처음에는 주먹 센 사람들이 붙다가 싸움이 커지면서 종족 싸움으로 번졌다. 낮에는 바탁족이 대로를 지키면서 지나가는 사람들의 주민등록증을 확인한 후 갈등이 있는 프로레스족이면 정글도로 그들의 목을 베고, 밤이 되면 프로레스족이 바탁족이 사는 집을 찾아다니며 그들의 목을 베었다. 치안 부재인 바탐은 두 종족이 활보하는 세상이 되었다. 우리 신학교 학생들은 대부분 바탁족이라서 학교 기숙사에 있을 수 없어 선교관으로 대피시킨 후에 문을 걸어 잠갔다. 바탐 전체가 살기와 공포로 가득했다.

인도네시아는 300여 종족이 있는데 종족마다 언어가 있다.

전라도, 경상도 사투리가 아니라 전혀 알아들을 수 없는 언어를 사용한다. 그들은 과거에 서로 다른 언어와 문화를 갖고 살던 각각의 부족 국가였다. 350년 동안 네덜란드가 그 땅들을 지배하였고, 제2차 세계대전 후 독립해서 한 나라가 되었다. 그래서 종족이 다양할 뿐 아니라 종교도 다양하다. 이슬람교, 기독교의 구교와 신교, 불교, 힌두교, 얼마 전에 유교도 종교로 인정되어 이 나라 국민은 누구나 이 종교 중 하나를 반드시 믿어야 하고 주민등록증의 종교란에 자신의 종교를 기재한다. 인도네시아는 이슬람 국가는 아니다. 인도네시아가 독립하면서 종족마다 다르게 믿는 종교를 인정하지 않으면 나라가 쪼개질 것 같아 모든 종교를 인정하는 정책을 펼쳤다. 그래서 종족 간의 갈등, 종교 간의 갈등, 그리고 가진 자와 없는 자의 갈등이 심해서 시국이 불안하고 어려울 때마다 사람들이 분노를 표출했다.

중국인들이 처음 인도네시아에 올 때 두 손에 '정글도'와 '요리 칼'을 쥐고 이 나라에 왔다는데 성실하고 사업 수완이 좋아서 성공했다. 그들은 정치인들과 결탁해 정치자금을 대면서 많은 이권을 얻고, 인도네시아 현지인들을 부리면서 무시하기 때문에 본토인들은 중국인들을 좋아하지 않는다. 1998년, 인도네시아의 큰 도시마다 유혈 폭동이 일어났다. IMF 금융위기로 살기 어려운 사람들이 화교들의 자동차와 집에 불을 질렀다. 도시가 마비되고 자카르타공항에는 해외로 나가려는 외국인들과 화교들로 붐볐다. 우리가 사는 바탐도 화교들의 집이 불타고 차가 태워졌다. 교단 총회 세계 선교부에서 선교지에서 잠깐 나와 피하라는 공문이 왔다. 남편은 내가 섬기는 사람들이 고통을 받는데 선교사가 어떻게 함께하지 않을 수 있느냐면서 나와 아이들만 싱가포르에 나가라고 했다. 나는 아이들만 데리고 피하면 당신 걱정이 돼서 잠이 오겠냐며 다투었다. 죽음의 공포를 느꼈다. 바탐이 전쟁터였다.

개발 초창기라서 나무는 베어지고, 불도저로 바탐의 땅들이 뒤엎어져 어디를 가도 마음 둘 곳이 없었는데 사고와 사건이 매일 일어나는 무법천지였다.

인도네시아는 무슬림이 다수인 지역에서 기독교인이 어려움을 감내하며 살고 있다. 이슬람교도들이 교회에 돌을 던지거나 때로는 교회에 교인이 있는데 문을 잠그고 불을 지르곤 했다. 인도네시아에서 기독교인으로 살아가는 것은 목숨을 건 여정이다.

암본이라는 곳에 우리 신학교와 같은 STII 신학대학 분교가 있다. 신학교 학장이 가족을 비행장에 데려다주기 위해 오토바이를 타고 나갔는데 저녁이 되어도 돌아오지 않았다. 걱정하던 부인과 학생들이 학장을 찾아 나섰는데, 길에서 만난 그 학장은 온몸이 피범벅이 된 채 싸늘한 시신으로 변해 길가에 버려져 있었다. 이슬람교도들이 그들의 마을을 지나가는 학장을 몽둥이로 얼마나 때렸는지 형체를 알아볼 수 없게 만들었다. 기독교인이라는 이유였다.

　인도네시아는 여전히 갈등이 존재하지만, 경제가 발전하고 민주화되면서 사회도 안정되고 있다. 그러나 여전히 강성 이슬람교인들은 인도네시아를 이슬람화하려 하기에 여전히 보이지 않는 종교 간의 갈등, 종족 간의 갈등이 내재되어 있다. 그러나 그런 와중에서도 인도네시아에서 하나님의 교회는 뜨겁고, 성장하고 있다.

조율사 하나님

세상에서 가장 뛰어난 피아노 연주자일지라도 제소리를 내지 못하는 피아노에서 기량을 발휘할 수 없다. 그래서 연주회를 하기 전 피아노는 조율사의 손을 거쳐야만 한다. 피아노의 줄이 조율사의 손에 의해 조여지기도 하고 풀어지기도 하면서 좋은 소리를 내는 피아노가 되듯, 우리 또한 아래로 떨어지는 삶의 나락의 끝에서 조율사에 의해 조율된다.

요셉의 생애가 그랬다. 요셉은 역기능 가정에서 자랐다. 그의 가정을 잘 표현한 장면은 아버지 야곱이 고향으로 돌아가는 길에서 형 에서와 만날 때이다. 아버지 야곱은 제일 앞줄에 두 여종이 낳은 어린 네 명의 자식을, 그 뒤로 레아가 낳은 자식을, 그리고 라헬이 낳은 요셉은 가장 뒤에 세웠다. 형을 속이고 도망갔다 이십 년 만에 돌아오는 고향이지만 야곱은 여전히 형이 무서웠다. 그가 부인들과 자식들을 세운 순서는 형이 공격하면 지켜주고 싶었던 순서였다.

사백 명 장정들과 함께 먼지를 일으키며 다가오는 사람이 있었다. 아버지 야곱은 탈골된 고관절로 인해 절뚝거리면서 두려움이 가득한 얼굴로 절을 하면서 그에게 나갔다. 그날, 가장 가까운 곳에서 아버지를 따라가던 여종들이 낳은 어린 자식들은 어떤 심정이었을까?

아이는 공정하지 않거나 공평하지 않은 부모의 사랑 때문에 가장 크게 상처를 받는다. 사람이 박탈감을 느낄 때는 자신이 가지지 못했을 때가 아니라 더 가진 자와 비교될 때다.

치우친 아버지의 사랑에 목마른 자식들이 갈등하면서 만들어 낸 사건은 요셉이 아버지 심부름으로 양을 치는 형들에게 갔을 때 벌어졌다. 요셉이 양을 치는 형들을 찾아 불볕을 머리에 이고 사막길을 걸어 세겜에 갔지만 형들은 없었다. 그는 또 걸어서 도단에 갔다. 헤브론에서 세겜까지 약 80km이고, 세겜에서 도단은 약 21km 떨어져 있다. 요셉은 거의 100km를 걸어갔다. 요셉은 형들이 보이자 반가운 마음에 달려갔지만, 형들은 그를 잡아 채색옷을 벗기고 구덩이에 던져버렸다. 살려달라고 애원하는 아우를 향해 네 꿈이 어떻게 되는지 보자며 비웃고 조롱한 후 지나가던 장사꾼에게 그를 팔아버렸다. 하루아침에 노예가 된 요셉은 언제 끝날지 알 수 없는 고통의 날을 지내게 되었고 이후 형들이 떠오르면 분노가 올라왔다.

사람들은 시간이 흐르면 모든 것을 잊는다고 말한다. 그래서 시간이 약이라고 한다. 그러나 우리 속의 아픔이나 상처는 수십 년의 세월이 지나도 없어지지 않는다. 부모로부터, 형제들로부터, 남편이나 아내, 자녀에게 그리고 윗사람이나 동료들로부터 받은 상처로 숱한 밤, 잠을 설치고, 그것들이 문득문득

모두 선물이었다

떠오를 때마다 분노가 일어나 심장이 뛰고 잠잠하던 마음이 걷잡을 수 없는 소용돌이에 휩싸이곤 한다. 그래서 나를 아프게 한 그에게 더 많은 것으로 되돌려 주고 싶을 때가 있다. 그것이 나를 파국으로 몰고 가는 것을 알면서 놓지 못할 때가 있다.

요셉은 노예가 되어 비로소 차별과 공평하지 않은 대접을 받았던 형들을 이해했다. 높은 곳에서 낮은 곳을 내려다보면 보이지 않지만, 낮은 자리로 내려왔을 때 비로소 보이는 게 있다.

모든 것을 가진 것처럼 보이는 보디발의 아내에게 공허가 있었다. 채워주지 않는 남편의 사랑이 그를 목마르게 했다. 점잖은 부인이 노예 요셉을 유혹하고 동침하기를 청하지만, 요셉은 주저함 없이 하나님 앞에서 악을 행할 수 없다고 거절한 대가로 감옥에 갇혔다. 요셉은 점점 추락하는 자신의 삶에 절망했지만, 그가 마주한 절망의 밑바닥은 그의 학교였다. 선생님들이 그가 있는 감옥으로 왔다. 요셉은 당대 최고의 정치인들에게 이집트의 정치, 경제, 사회, 문화와 이집트의 고급 언어를 배웠을 뿐만 아니라, 그들을 섬김으로 정치 기반이 되는 사람들과 스승까지 얻었다.

요셉은 감옥에 갇힐 때 자신의 인생이 추락하고 있다고 여겼지만, 하나님은 그곳을 요셉이 뛰어난 정치인으로 거듭나게 하는 장소로 사용하셨다. 이 학교는 이론만이 아닌 현장 정치의 일번지였다. 요셉은 그 학교에서 공부를 마친 서른 살, 그가 열일곱 살에 꾸었던 꿈을 이루게 되었다.

하나님과 동행한 요셉을 따라다니는 말은 '형통'이다. 요셉의 성공 이야기는 그가 이집트의 왕 다음의 권력자가 된 때라고 생각하기 쉽지만, 그가 고난과 절망의 자리에서 하나님의 손에 의해 조율되면서 믿음의 거인이 된 때이다.

우리 삶에 여러 모양의 아픔과 고통이 있지만 절망하지 않는 것은 조율사인 하나님의 손에 의해 형통케 될 뿐 아니라 우리 또한 믿음의 거인이 될 것이기 때문이다.

모두 선물이었다

예수 이름으로 *dalam nama YESUS*

"동생이 이상해요. 우리 집에 좀 와주세요."

저녁밥을 먹던 중이었는데 수저를 내려놓고 그를 따라 그의 집으로 달려갔다. 그 동생은 누워있고 침대 옆에는 겁먹은 너덧 명이 둘러서서 그녀의 팔과 발을 붙들고 있었다. 우리가 방 안으로 들어서는데 누군가 외치는 소리가 들렸다.

"무서운 이가 들어온다."

"……."

"단 피를 다오."

그 소리와 동시에 누워있던 아주머니는 사람들이 잡고 있던 팔을 뿌리쳤다. 온 힘을 다해 손톱으로 자신의 배를 마구 할퀴는데, 팔을 놓친 사람들은 두려움이 가득한 얼굴로 어찌해야 할지 당혹스러워했다. 아주머니는 귀신이 역사할 때마다 목소리가 바뀌고 큰소리를 지르며 발악했다. 우리 부부가 그 방으로 들어갔지만 할 수 있는 것이 없었다. 그 상황을 피할 수 없고, 대면해야 했다. 내가 중학생 때, 성경을 가르쳐 주시던 전도사님이 귀신이 사람에게 들어와 역사한다고 했다. 그럴 때 예수님의 이름으로 나가라고 하면 악한 영은 나가고 물어보면 대답한다고 했다. 그래서 가르침을 받은 대로 해보기로 했다.

"예수 이름으로 명한다. 귀신아 나가라!"

그러자 악한 영이 저음의 괴성으로 그녀의 입을 통해 말했다.

"단 피를 달라! 그러면 날마다 나에게 복을 달라고 빌었으니 복을 주겠다."

그녀는 임신 중이었다. 악한 영이 역사할 때마다 아주머니의 목소리가 바뀌고 행동이 거칠어졌다가 제정신으로 돌아오면 차분해지면서 자신의 목소리로 돌아왔다. 그럴 때마다 나는 그 아주머니의 귀에 대고 말했다.

"예수님이 당신을 고쳐주실 거예요. 예수님, 할렐루야, 아멘이라고 말하세요."

"예수님, 할. 렐. 루…."

그렇게 따라 할 때, 다른 목소리가 불쑥 튀어나오면서 그녀의 말을 막았다.

"안 돼!"

그 존재에게 물었다.

"어디서 왔지?"

"자카르타에서 왔다."

"어떻게 왔지?"

"금으로 된 세단을 타고 왔지."

사면이 바다인 작은 섬 바탕에 금으로 된 세단을 타고 왔다

모두 선물이었다

고 했다.

"몇이 왔지?"

"다섯."

"예수 이름으로 명한다. 이 여인에게서 나가라!"

"안 돼! 이 집에는 내 집이 많아서 나갈 수 없다."

"네 집이 어디에 있나?"

악한 영이 그 집 거실 앞쪽에 가득 차게 만들어 놓은 신당과 문들 위에 붙여놓은 부적은 물론 베개 속, 장롱 속에 넣어둔 부적들을 자기 집이라고 가리켰다. 우리는 그가 말한 모든 것을 모아 태웠다. 그리고 계속 기도하며 예수 이름으로 나가라고 명령했더니 악한 영이 다시 말했다.

"아직도 내 집이 있어서 못 나간다."

"어디에 있지?"

"회사에 차려놓은 신당도 내 집이다."

악한 영이 말하는 곳으로 사람을 보내 모든 것을 꺼내 태운 후에야 아주머니는 진정되었다.

중국계 인도네시아인은 불교나 유교를 믿는다. 그들은 아침마다 집 앞에 만들어 놓은 제단 위에 과일과 빵을 올려놓고, 향에 불을 붙여 손에 들고 부자가 되게 해달라고 빈다. 그리고 절을 몇 번 한 후 그 향을 향꽂이에 꽂는다. 그들은 부자가 되게 해달라고 매일 신에게 빈다. 그러나 부자가 되기 위해 섬긴 신에 의해 고통을 받는 사람이 많다. 사람은 누구를 섬기든 그

것의 지배를 받는다.

이 일이 생기기 전 그녀가 나에게 물은 적이 있다.

"교회를 다니는 사람이 이혼해도 되나요?"

그녀는 남편의 외도로 마음이 고통스러웠고 마음 둘 곳이 없어 교회에 나갔다. 남편은 부인과 아이들이 교회가 가는 것을 싫어했다.

사흘 후 우리는 그 아주머니 집에 갔다. 그녀가 다니는 교회가 있고 그 교회 목사님이 있기에 조심스러웠다. 집 안으로 들어서니 그녀는 소파에 비스듬히 기대고 있었다. 그 아주머니 옆에 서서 그 교회 목사님이 손에 기름을 찍어 계속 그녀의 머리에 바르며 "예수 이름으로, 예수 이름으로"를 반복했다. 사흘 전 밤에 아주머니가 잠잠해져서 귀신이 모두 나간 줄 알았는데, 여전히 악한 영에 시달려 지친 여인을 보니 불쌍했다. 무릎을 꿇고 그녀의 손을 잡고 방언으로 기도하면서 명령했다.

"나사렛 예수 이름으로 명한다. 귀신아, 나가라."

"아직도 내 집이 여기 있어서 나갈 수 없다."

"몇이 남아있지?"

"아직 둘이 있다."

"네 집이 어디에 있나?"

"앨범 속에 있다."

그 집의 앨범을 모두 가져와 사진을 하나씩 꺼내 보여주며

네 집이 어디냐고 물었더니, 절에서 사람들과 함께 찍힌 조형물의 상과 친지들과 찍은 사진 중 예수를 믿지 않고 죽은 사람을 가리키며 말했다.

"이건 내 거야!"

예수를 믿은 사람을 가리키면서 괴롭게 말했다.

"이건 내 거 아니다."

그의 가족이 아이들과 함께 싱가포르에 갔을 때 유명한 햄버거 가게 앞에 앉아있는 삐에로와 함께 찍은 사진이 있었는데 그 삐에로를 가리키며 또 소리쳤다.

"이건 내 집이다!"

그날 모든 사진이 그의 것과 아닌 것으로 나뉘고 찢어져서 태워졌다. 그리고 아주머니를 괴롭혔던 남은 악한 영들이 나갔다.

그 후 우리는 다른 동네로 이사했다. 우연히 시장에서 그 아주머니를 만났는데 임신 중이었던 그 아이가 어느새 다섯 살 되었다고 했다. 귀신의 역사와 예수 이름의 능력을 경험한 후 그녀의 남편과 언니, 자녀들이 모두 예수님을 영접하고 세례를 받았다고 했다.

그 후 이십여 년이 흐른 어느 날, 지역 신문에 낯익은 얼굴이 일 면 가득 실렸는데 그녀의 남편이었다. 귀신이 단 피인 아기를 주면 부자가 되게 해주겠다고 했는데, 오히려 모든 귀신이 나가고 그 가정은 구원받고 그녀의 남편은 바탐뿐만 아니라 인도네시아에서 영향력 있는 기업인이 되어있었다.

그 젊은 아주머니를 괴롭힌 악한 영과 예수 이름의 능력을 경험하면서 나는 대학 시절에 귀신론을 연구했던 선배가 떠올랐다. 그 선배는 인형도 귀신이 살 수 있는 집이 될 수 있다고 했다. 그때는 그 선배의 말에 동의할 수 없었다. 너무 심한 말이라고 생각했다. 그러나 그 악한 영이 그 삐에로를 가리키며 내 집이라고 말할 때 나는 아무 형상도 만들지 말라던 십계명의 두 번째 계명이 떠올랐다.

❖ 너를 위하여 새긴 우상을 만들지 말고 또 위로 하늘에 있는 것이나 아래로 땅에 있는 것이나 땅 아래 물속에 있는 것의 어떤 형상도 만들지 말며

– 출애굽기 20:4

우리가 그 아주머니 방으로 들어갈 때 무서운 이가 들어온 다고 악한 영이 우리를 보고 말했다. 사람의 눈으로 볼 수 없지만, 그 영은 우리 안에 거하시는 예수님을 보고 두려워했다. 우리는 귀신을 내쫓는 능력이 없다. 그날 고통당하는 그 여인이 불쌍해서 중학생 때 배운 대로 예수님의 이름으로 그 악한 영을 대적했다.

나는 하나님께 능력을 달라고 기도한 적이 있다. 하나님 능력을 소유할 수 있다고 여겼다. 그러나 하나님의 능력은 소유

될 수 있는 것이 아니다. 하나님이 원하실 때, 기도할 때, 그 사람을 불쌍히 여길 때, 전능하신 하나님이 우리를 통로로 사용하신다. 젊은 아주머니에게 고통을 주던 다섯 귀신이 나간 것은 다른 어떤 것도 아닌 예수님 이름, 예수님 능력이었다.

짠물 먹는 나무

신학교의 수업이 없는 토요일에 신학생들과 '호박섬'으로 가서 아이들을 만났다. 이 섬에는 이십여 가구가 산다. 아이들이 배를 저어 다른 섬에 있는 초등학교에 가다 해류에 배가 뒤집혀 바다에 빠져 죽는 사고가 여러 번 발생한 후, 부모들은 자녀를 학교에 보내지 못했다.

아이들은 노를 잘 저었다. 어디를 가든지 배를 타야 갈 수 있기 때문이다. 나는 아이들이 태워주는 작은 배에 여섯 명의 신학생들과 촘촘하게 앉아 섬으로 들어갔다. 이슬람 사원 앞 공동묘지 옆에서 아이들에게 인도네시아어와 산수 그리고 노래를 가르쳤다. 그곳에는 태어나서 얼마 안 된 아기의 작은 무덤도 있었다.

아이들은 우리를 기다렸다. 공부를 마치고 돌아갈 때는 아이들이 바다 위에 있는 그들의 집 앞에 서서 우리가 보이지 않을 때까지 손을 흔들었다. 섬 밖으로 나갈 일이 없는 아이들에게 외지에서 배를 타고 들어오는 젊은 언니와 오빠들이 기쁨이고 희망이었는지도 모른다.

마을 사람들은 빗물을 받아먹었다. 섬에는 비가 오면 물이

고이는 우물이 하나 있는데 그곳에서 동네 사람들이 모여 빨래를 했다. 가루비누를 잔뜩 넣어 옷에서 거품이 뚝뚝 떨어지는데 한 번 헹구면 빨래를 마쳤다. 마을 사람들이 모두 그 물에 빨래를 담가야 하기 때문이다. 섬에는 물이 귀했다.

신학생들이 아이들에게 공부를 가르치면 나는 조금 떨어진 곳, 나무 아래에서 아이들의 머리를 이발해 주었다. 더벅머리 아이들이 공부하다 순서가 되면 한 명씩 오는데 잔뜩 충전해 간 바리깡을 오른손에 잡고 왼손은 아이의 머리에 얹고 이발하는 내내 그 아이를 위해 축복하며 기도했다. 그 아이들이 예수님을 만나기를 바랐다.

그 섬에 사는 사람은 모두 이슬람교도이다. 어릴 때부터 종교교육을 부모로부터 그리고 종교지도자들로부터 철저하게 받는다. 초등학생인 이 아이들도 라마단이 되면 한 달 내내 금식한다. 아픈 할머니들도 금식했다.

어느 날 섬에 들어가자마자 추장이 나를 불렀다. 그의 집 안으로 들어가니 사람들이 가득 앉아있었는데 무거운 방 안의 공기를 깨고 한 사람이 입을 뗐다.

"이제부터 우리가 아이들을 가르칠 테니 당신들은 이 섬에 오지 말고 돈만 대시오. 학교를 지어주고 선생님에게 월급을 주시오."

바탐에서 온 종교지도자들이었다. 이슬람 지도자들이 그 섬

추장에게 화를 내며 말했다.

"당신 자녀가 기독교인이 되게 할 거요?"

섬에 들어갈 때마다 신학생들이 내게 언제 전도할 것이냐고 물어볼 때, 나는 공부할 수 없는 아이들을 돕기 위해 가는 것이니 학생들을 다독이며 천천히 전도하자고 했는데, 어떻게 알았는지 이제는 아예 우리에게 들어오지 말라고 못을 박았다.

당시 미국과 이라크가 전쟁 중이었는데 열 살 된 이브라힘이 우리를 배에 태워 바탐으로 데려다주면서 말했다.

"나는 형제 나라인 이라크에 가서 미국 사람과 싸워서 그들을 죽이고 싶어요."

인도네시아 외딴섬에 사는 열 살 초등학생 아이의 마음속에 미국에 대한 분노가 대단했다.

인도네시아에서는 다른 종교를 가진 사람에게 전도하면 법에 걸린다. 이슬람과 기독교 간에 종교적인 문제가 불거지면 과격해지는 그들로 인해 그날 이후 우리는 그 섬에 들어가지 못했다. 글을 읽을 줄 모르던 그 아이들에게 손을 얹고 그 아이들의 장래를 위해 기도했는데 성인이 되었을 그 아이들은 지금 어떻게 살고 있을지 보고 싶다.

바탐에 와서 가슴이 답답하고 숨이 막힐 것 같은 날이 있었다. 작은 섬에 갇혀 답답한 것이라며 남편이 차 한잔 마시고 오자고 했다. 남편이 운전하는 오토바이의 뒤에 앉아 시내를 몇 바퀴를 돌았지만 갈 곳이 없었다. 개발 중인 바탐은 온 땅이 파헤쳐져서 어수선한데 마음 놓을 곳이 없었다.

한국에서 온 분이 우리 아이가 다니는 초등학교를 둘러본 후 말했다.

"어떻게 이런 학교에 아이들을 보내세요?"

허름한 학교는 운동장이 없고, 한국 초등학교의 70년대 수준에도 미치지 못했다. 사범 고등학교를 졸업한 선생님들은 별다른 교재 없이 소리를 크게 지르며 수업했다. 아이들은 유치원부터 볼펜으로 글씨를 쓰고, 음악 시간에는 숫자로 된 악보를 보고, 미술 시간에는 연필과 색연필로 그림을 그리는데 생각한 것을 그리는 것이 아니라 선생님의 그림을 보고 따라 그렸다. 1학년은 두 시간, 고학년은 12시면 수업이 끝난다.

수도꼭지를 열면 황토물이 나왔다. 수돗물을 큰 물통에 받아 며칠을 기다리면 진흙이 차곡차곡 내려앉았다. 그러면 윗물을 떠서 먹었다. 바탐에는 정수시설이 없었다. 가까운 싱가포르에 가면 한국산 음식 재료를 살 수 있지만 가난한 현지인처럼 똑같이 살 수는 없을지라도 이들과 함께 살기 위해 온 선교사라는 신분을 잊지 않으려고 했다.

30년 전, 서울 무학교회 청년들이 단기 선교를 온 적이 있다. 통통배를 타고 다른 섬에 가는 중 갑자기 배의 엔진이 고장이

나서 배가 앞으로 가지 못하고 파도에 밀려다녔다. 배가 파도를 따라 춤출 때마다 청년들은 먹었던 음식을 토했다. 망망한 바다에서 춤을 추는 배가 어디로 떠내려갈지 알 수 없었고 멀미와 구토로 사람들은 절박한 상황이었다. 모두 죽을 것 같았던 상황에서 함께 온 장로님은 이 기도밖에 할 수 없었다고 했다.

"하나님, 저만 데려가시고 이 젊은이들은 살려주세요."

인도네시아는 태풍이 없다. 인도네시아의 뜨거운 공기가 필리핀으로 올라가면서 태풍을 만든다. 한국의 겨울철이 되면 여기 바다는 파도가 꽤 높게 일곤 하는데 그때는 몰랐다. 여러 시간을 표류하다 겨우 한 섬에 도착했는데 그 섬사람들이 환영하며 식사를 차려주었다. 청년들은 계획에 없었지만, 준비한 것들을 그 섬사람들에게 공연하면서 복음을 전하려는데 갑자기 하늘에 먹구름이 잔뜩 몰려왔다. 섬에는 많은 사람이 들어갈 실내 공간이 없었다. 청년들은 모두 공연하려는 마당에 앉아 함께 통성으로 기도했다. 그런데 그 기도가 올라가면서 그곳 하늘이 뚫리면서 먹구름이 사라졌다. 청년들은 죽음의 고비에서 다시 살아난 기쁨을 찬양하고 기도를 들어주신 하나님을 그 섬사람들에게 전했다.

어느 해 여름 한국에서 온 청년들과 함께 작은 통통배에 나눠 타고 작은 섬에 가던 중 갑자기 해가 떨어졌다. 적도는 해가 떨어지는 것과 동시에 캄캄한 밤이 내려온다. 여전히 출렁거리는 바다는 검은 공포가 되어 배를 때렸다. 갑작스럽게 내려온 어둠이 주는 공포로 모두 입을 떼지 못했다. 그러나 잠시 후, 약속한 게 아닌데 우리는 모두 "와!" 하고 탄성을 터뜨렸다. 배가 지나가는 옆에 있는 작은 무인도의 섬 전체가 성탄절 트리를 꾸민 것처럼 작은 불들이 깜빡였다. 맹그로브 나무 사이를 날아다니는 수만 마리의 반딧불이 그곳에 살고 있었다. 그 아름다움이란! 그 순간 공포와 두려움이 모두 달아났다.

맹그로브 나무는 바닷물을 먹고 산다. 섬사람들은 그 나무를 잘라 바닷속에 여러 개를 박아 그 위에 판자로 집을 붙여 짓는다. 그곳에 사람들이 옹기종기 모여 살면 한 마을이 된다. 기둥이 된 나무는 30년이 지나도 썩지 않을 뿐 아니라, 아이들이 뛰어다녀도 견딘다. 섬사람들은 이 나무를 잘라 숯 공장에 팔아 양식과 바꾸어 먹는다. 이 나무로 만든 숯은 단단해서 쉽게 불이 붙지 않지만, 일단 불이 붙으면 화력이 좋고 오래간다. 바닷물을 먹고 사는 까닭에 나무는 키가 크게 자라지 못한다. 밀물 때는 짠물에 나무가 잠기고 썰물이 되면 앙상한 뿌리가 드러난다. 마치 우주선을 받치고 있는 다리처럼. 나무는 물고기와 게 그리고 바다 생물의 안식처가 돼준다. 나무는 바다에 살면서 갯벌과 바다를 정화한다.

선교사로 30여 년을 이곳에서 살고 있지만 때때로 나는 자괴감에 빠지곤 했다. 못나고, 이루어 놓은 것도, 드러낼 것도, 자랑할 것도 없는 게 괴로울 때가 있다. 앞이 안 보일 때도 있고, 가고 있는 길에 대해 확신할 수조차 없는데, 고통스러운 일이 겹겹이 몰아치면 불평과 원망, 의심이 일어나 하나님께 묻곤 했다.

"하나님, 당신은 진정 살아계시나요?"

그런 날 하나님은 침묵하셨다. 그래서 고독했다. 그러나 이제는 짠물에 잠겨있던 날들도 괜찮다. 짠물을 먹으면서 맹그로브 나무가 되어 섬의 모퉁이에 서 있게 될 것이기 때문이다.

모두 선물이었다

행복한 선교사

얼마 전 바탐의 이민국에 갔을 때 창구에 앉아있는 한 젊은 이가 반갑게 인사를 했다.

"목사님, 안녕하세요?"

"……."

"저는 새싹초등학교 졸업생이에요."

"아! 그렇군요."

바탐이 개발되면서 인구가 불어나는데 아이들을 가르칠 학교가 없었다. 그래서 까다로운 정부의 허가를 받지 않고 교실을 지어 하나는 교실로, 하나는 교무실로 사용했다. 허리 높이만큼 아래쪽은 벽돌을 쌓고 그 위에는 나무판자로 막아 함석지붕을 올렸다. 매년 학생이 불어나 교실을 하나씩 더 지었다. 나무로 세운 기둥과 판자를 흰개미들이 갉아먹어 구멍이 숭숭 뚫려 기둥이 쓰러져 지붕이 내려앉을 때까지 아이들은 그 교실에서 공부했다.

현지의 언어, 문화, 교육을 잘 모르면서 가난한 아이들을 위한 교육에 뛰어든 것은, 배움은 지금보다 넓은 세계를 볼 수 있는 안목을 줄 뿐 아니라 어려운 삶을 뚫고 나오게 하는 힘이기 때문이다. 대다수가 이슬람인 이 땅에서 아이들이 예수님을 만나 꿈을 꾸고 그 꿈을 펴는 삶을 살기를 소망하며 기독교 학교를 시작했다. 교실이 있고 선생님만 있으면 학교가 되는 줄 알았다.

1993년에 시작한 학교의 졸업생들이 공무원, 목회자, 경찰 등등 다양한 직업에 종사하게 되었고 졸업생 중 교대와 사범대를 졸업한 후 우리 학교에 돌아와 아이들을 가르치는 선생님도 있었다. 아버지의 폭력과 가난한 형편을 견디면서 자란 아이들이 자신의 자리에서 잘살고 있는 이야기를 들으면 지난날 학교를 운영하면서 어려웠던 일들도 감사가 된다.

학교를 운영하는 것은 결코 쉬운 일이 아니었다. 학교 운영에 대해 배운 적이 없는 미숙한 선교사들이었다. 후원금이 충분한 것도 아니었다. 그래서 선생님들 월급을 줄 수 없을 때도 있었고, 교실이 부족해서 3부제 수업을 하기도 했다. 정부가 원하는 것, 교사가 원하는 것, 학생이 원하는 것을 아우르면서 학교 경영을 하는 것은 모험이었다. 현지인 교사들과 직원들이 선교사가 경험하는 어려움을 다 알아주길 바라지 않았다. 바닷가로 소풍 간 날, 한 학생이 물에 빠져 목숨을 잃은 날도 있었다. 사고가 나면 폭풍이 몰아쳤다.

교육 전문가도, 행정가도 아닌 선교사들이 학교를 시작하면서 좌충우돌 실수를 많이 했다. 학생 수는 많아지고 교사가 늘어나면서, 가난한 아이들을 가르치려던 단순한 생각을 넘어서

모두 선물이었다

서 어느 순간 원한 것도 아닌데 학교를 경영해야 하는 경영자의 자리로 옮겨져 있었다. 학교를 통해 이익을 내는 게 목표는 아니었지만, 한국 교회에 짐이 되지 않기 위해 교사 월급은 아이들의 학비로 자급하는 학교가 될 수 있도록 힘썼다.

이 나라 교육 시스템을 배우고 학교 행정과 운영 시스템을 만들었다. 이 나라 경제가 성장하면서 매년 근로자 임금이 인상되었다. 2010년부터 매년 임금 인상 폭이 커지면서 전년도보다 두 배가 오른 해도 있었다. 학교 운영 시스템을 만든 후 교사들에게 이 나라가 정한 월급과 복지를 해줄 수 있는 학교가 되었다.

같이 일하는 선교사들과 현지 동역자들이 함께 일해서 일궈낸 결과이다. 지금까지 교실이 부족할 때마다 교실 건축을 위한 헌금을 보내주고, 선생님 월급이 부족할 때는 월급을 지원해 주고, 아이들에게 장학금을 보내준 한국 교회와 성도들의 헌신이 있었다.

초등학교 운동장에서 한국 청년들이 공연을 끝내고 줄 달린 볼펜을 선물로 나눠주던 날, 이미 받은 아이들도 볼펜을 목에 걸고 앞으로 달려갔다. 삼백 명이 넘는 아이들이 볼펜을 더 받으려고 한꺼번에 몰려가는 바람에 키가 작은 아이의 목에 걸린 볼펜 줄이 키 큰 아이의 몸에 당겨져 목이 졸려 우는데도 아랑곳하지 않고 볼펜을 나눠주는 손을 향해갔다. 마침 목이 당겨진 아이의 옆에 내가 있었기에 볼펜 줄을 그 아이 목에서 빼주었는데 아찔했다. 가난한 아이들에게는 볼펜도 귀했다.

코로나19 팬데믹 때문에 이 년 동안 비대면 수업을 했는데 집에 핸드폰이 하나밖에 없는 가정도 있었다. 아버지가 일하러 갈 때 핸드폰을 들고 가면 아이들이 수업을 받을 수 없었고, 형제가 많은 집은 더 어려웠다. 세상이 어려울수록 가난한 아이는 더 서럽다. 하나님께 부름을 받아 이 땅에서 형편이 어려운 아이들, 미래를 꿈꾸지 못하던 아이들을 키우며 산 것이 보람이고 감사하다.

"파송 교회에 생활비 외에는 다른 것을 요청하지 마세요. 교회가 부담을 느끼면 교회가 어려울 때 제일 먼저 선교사 후원을 끊습니다. 자녀는 때려서라도 집에서 한국어를 쓰게 하세요. 아이를 한국 사람으로 키워야 합니다."

손 목사님은 우리를 만날 때마다 선교사의 삶과 사역에 대해 안내해 주었다. 우리는 앞이 보이지 않는 길에서 선임 선교사였던 손 목사님의 살아온 이야기를 들으며 길을 찾아갔다.

선임 선교사님은 작은 섬, 아무것도 없었던 섬, 바탐의 미래를 내다보며 선교의 밑그림을 그리고 지금까지 선교사들이 팀으로 일할 수 있는 길을 만들어 주었다. 사역하면서 늘어날 재산이 선교사 개인의 재산이 되지 않도록 현지법인을 설립해서 최대한 많은 선교사를 법인의 이사로 들어가게 하고, 현지인들이 재산권을 좌지우지하지 못하게 안내해 주었다. 선교사님은 미래를 위한 선교의 길을 만들어 주었을 뿐 아니라 물적, 인적 자원을 지원해 주었다. 목회하는 싱가포르 한인교회와 한국 교회에서 재정을 모금해서 지원해 주었다. 그래서 이나라 아이들을 위한 학교와 신학교를 시작했는데 바탐 선교는 선임인 손 선교사님의 헌신과 열정이라는 주춧돌 위에 세워졌다.

뉴질랜드에서 사역하는 선교사님이 우리 집에 와서 묵을 때이런 말을 했다.

"우리 아이들이 어릴 때 뉴질랜드에 와서 학교에 다녔는데이제 아이들이 크고 보니 부모인 우리와 문화가 다르고, 아이들만큼 우리가 영어를 못해 깊은 대화를 하기가 어려워요. 이제 결혼할 나이가 됐는데 한국말이 서툴러 한국인과 결혼이어려울 거 같아 걱정입니다."

1세대 선교사의 선교지에서 살아온 이야기와 자녀 이야기는남의 일이 아니었다. 우리보다 이십여 년 앞서 선교지에서 살아온 선배 선교사님들은 아무도 걸어본 적이 없는 길을 안내자도 없이 각자 걸어갔다. 경험자가 없었기 때문에 어떤 이도사역과 자녀 교육에 대해 안내해 줄 사람이 없었다. 우리에게선배의 삶과 경험이 좋은 안내서였다. 한국인으로서 이미 선교사로 살아온 선배들의 경험이 다른 나라 선교사들이 쓴 책에서 읽은 것보다 더 실제적인 지침서였다. 선배가 있어 덜 헤매고 쉽게 길을 찾아갔다. 우리 아이들이 유치원에 다니던 때라서 선교지에서 아이들 교육을 어떻게 할지 생각하게 해주었고 도움이 되었다.

삼십 년 전에는 한국어 교육을 중요하게 생각하지 않은 때였다. 외국에서 살면 자녀를 영어 학교에 보내는 것을 당연하게 여겼다. 그래서 대부분의 선교사 자녀들이 영어 학교에 다녔다. 선교사들 모임이 있을 때 엄마 아빠를 따라온 자녀들이 모이면 영어로 대화했다. 한국말보다 영어가 편하다고 했다.

우리가 아이들을 집에서 가까운 현지인 학교에 보내면서 집에서는 한국어 교육을 할 수 있었던 것은 선배 선교사들에게 배운 지혜다.

반둥에서 언어 공부를 마치고 바탐에 왔을 때 남편이 컴퓨터를 사는 바람에 주머니가 비었다. 남편이 바탐에 들어가면 우리가 살 집이 없겠느냐고 했는데, 한국인 신혼부부가 회사에 들어가 살게 돼 신혼 살림살이가 있는 그 집에서 육 개월을 살게 되었다. 우리보다 먼저 바탐에 온 선교사 가족이 우리가 그 집에 살 수 있도록 도와주었다. 현지 언어도 길도 익숙하지 않은 우리를 안내해 주고 도와주는 선교사가 있어서 생각보다 쉽게 바탐에 정착할 수 있었다. 두 가정의 아이들은 매일 만나서 놀고 주말이 되면 같이 잤다. 한국 사람이 몇 명 안 되는 땅에서 서로 의지하며 살았다. 아무 할 일이 없는 이 땅에서 할 일을 만들면서 힘든 길을 같이 걸어온 까닭에 그 선교사님과는 동지애가 있다.

칼리만탄에서 사역하던 선교사 가족이 우리 집에 와서 묵은 적이 있다. 그분들이 사는 곳에는 한국인이 하나도 없어서 병이 날 것 같다면서 말했다.

"한국 선교사들이 모이면 싸운다는데, 싸울 수 있는 가정 하나만이라도 옆에 있으면 좋겠어요."

우리 선교사들은 외국인이다. 이미 성인이 돼서 왔기 때문에 선교지의 언어를 다 이해하지 못하고 그들의 문화를 다 이해할 수 없다. 현지인들에게 선교사란 도와주는 사람이고, 주는 사람이다. 집을 찾아오거나 만나는 사람들 대부분은 돈이 없다며 도와달라고 한다. 내 마음을 나누고 나의 아픔을 이야기할 수 없다. 그래서 마음 깊은 곳에서부터 밀려오는 외로움이 있다. 모국어로 마음껏 말을 하지 못하면 채워지지 않는 고독이 있다.

남편이 돕고 있는 개척교회의 건축 현장을 보고 돌아오는 길에 교통사고를 냈다. 갑자기 앞을 분간하지 못할 만큼 쏟아지는 비에 차가 미끄러지면서 맞은편에서 오는 택시와 부딪쳤다. 시골서 농사를 짓는 아버지가 택시 운전하는 아들에게 놀러 와서 차를 타고 바탐 구경하다 당한 사고였다. 앞유리창의 파편이 그의 눈에 들어갔다. 앞이 캄캄했다. 이 나라 말도, 이 나라 법과 제도가 낯선 초보 선교사에게 닥친 일이었다.

남편은 유치장에 수감되었고, 피해자와 합의를 했는데도 경찰은 남편을 잡아두었다. 유치장 안에 유일한 외국인은 남편이었고, 중국계 인도네시아인도 한 사람이 있었다. 외국인이나 중국계들은 문제가 생기면 돈으로 해결한다. 부정부패가 심한 이 나라에서는 유전무죄 무전유죄였다. 어떤 사건이든 경찰이 원하는 돈을 준 사람은 집으로 돌아가서 기다리면 경찰이 알아서 모든 일을 처리해 줬다. 돈을 주지 않으면 괴롭게 했다.

'옹'이라는 사람은 중국계 사업가였는데 사기죄로 고소를 당해 유치장에 갇혔다. 그는 두려움과 걱정으로 잠을 이루지 못했다. 남편은 조심스럽게 그에게 복음을 전했다. 마음이 가난해진 그는 집으로 돌아온 후 모든 가족과 함께 교회에 갔다. 유치장은 덥고 좁은데 사람들은 시멘트 바닥에서 잤다. 힘없고 가난한 이들이 가득했다.

나는 날마다 밥과 함께 닭을 몇 마리 더 튀겨서 같이 있는 사람들과 먹을 수 있게 유치장으로 가져다주고, 경찰 담당자를 만나고, 피해자가 있는 병원을 방문했다. 병원에서 환자를 만나고 돌아오는 길에 맞은 편에서 달려오는 차를 보면서 아찔했다. '저 사람 왜 내 차선으로 달려오지?'라고 생각했는데 정신을 차리고 보니 내가 반대편 차선을 달리고 있었다. 정신 없는 날들이었다.

모두 선물이었다

검찰 조사를 받고 재판을 받았는데 검찰과 경찰은 계속 돈을 요구했고, 20년이 더 지난 차는 폐차할 판인데 자동차 주인은 터무니없이 많은 배상을 요구했다. 환자 치료와 보상 등 재정적으로나 정신적으로 어려웠다. 우리와 함께 일하는 현지 동역자의 도움으로 환자는 싱가포르에서 각막이식 수술을 받았다. 한쪽 눈이라도 살려야 했다. 기독교인인 의사는 선교사가 당한 어려움이라고 자신이 받아야 하는 수술비를 받지 않았다. 후원 교회와 선임 선교사님, 같이 일하는 선교사와 현지 동역자들이 재정과 기도로 도와주었고 힘이 되어주었다.

선교지에 사는 우리는 나무를 심고 사람을 키웠다. 이 나라는 일 년 내내 고온다습한 기후여서 나무를 땅에 박아놓으면 자랐다. 현지인 교회를 개척할 때 교회를 처음 나오는 초등학생인 아이들이 하나같이 "못해요"라고 했다. 우리는 그 아이들에게 칭찬과 격려를 먹였다. 그들은 칭찬과 격려를 먹으며 멋지게 자랐다. 가난한 아이들 열댓 명을 모아 시작한 유치원이 초등학교가 되고 중학교가 되고 고등학교가 되었다. 지금은 전체 학생이 2,700명이다. 불모지와 같은 땅, 아무것도 없었던 황량한 땅에서 32년을 지내면서 심은 나무는 거목이 되었고 함께 지낸 아이들은 좋은 나무로 자라는 것을 보는 복을 누리며 살았다.

선교사의 삶은 광야다. 이 광야에서 나는 날마다 나무를 심고 꽃씨를 뿌렸다. 나무가 모두 견딘 것은 아니었다. 시들어 버린 나무가 더 많았다. 그래도 또 심었다. 그렇게 심은 나무가 많은 시간이 지나 거목이 되었다. 메마른 땅이 이제는 숲이 되고, 꽃이 피고, 열매를 맺는다. 이 열매는 선교사만의 것이 아니다. 이 땅의 사람과 함께 누리는 선물이다. 나는 이 광야로 불러주신 그분께 감사드린다. 이곳 광야의 삶이 아니었으면 나를 보내신 그분에게 길을 묻지 않았을 것이고, 날마다 하늘로부터 내려오는 만나와 메추라기 그리고 불기둥과 구름 기둥을 만나지 못했을 것이기에 이 광야의 삶이 행복한 이유다.

모두 선물이었다

팀 선교

장모님이 말기 암 판정을 받았지만, 신대원을 휴학하고 윤전도사님 부부가 견습 선교사로 왔다. 엄마가 걱정스러웠던 딸과 사위는 매일 새벽마다 어머니를 위해 간절히 기도했다. 어떤 새벽에는 얼마나 급하게 나왔는지 티셔츠를 뒤집어 입은 채 쭈그리고 앉아 기도했다. 30대의 젊은이가 새벽에 일어나는 일은 쉬운 일이 아니다.

스물넷에 결혼해서 생비량에서 살던 때, 부흥회를 한 적이 있다. 교인은 얼마 되지 않지만, 이웃 교회 목사님을 모시고 부흥회를 했다. 그날 새벽 종소리를 듣지 못하고 우리 부부는 잠에 빠져있었다. 일어나 방문을 열고 나오는데 밖은 이미 환했고 우리 옆 방에서 자던 강사 목사님이 새벽기도회를 마치고 돌아오는 길이었다. 그 민망함이란! 쥐구멍으로 들어가고 싶었던 때가 있었다. 젊은 견습 선교사가 새벽에 일어나는 게 얼마나 어려운지 안다.

이 땅에서의 삶이 얼마 남지 않은 어머니의 마지막을 지켜드리지 못하는 것이 안타까운 딸이 한국으로 가고 싶다고 했다. 걱정되기는 우리도 마찬가지였다. 그래서 부부가 함께 가라고 했다. 부부는 어떤 상황에도 같이 있어야 하기 때문이다.

둘째가 바탐에서 태어났는데 이 견습 선교사 부부는 선교관에 살면서 아기의 분유를 가장 싼 것으로 먹이고 절약한 돈으로 교회에 처음 오는 가난한 아이들에게 라면을 사서 끓여 먹이고, 물을 찾는 아이들을 위해 매일 물을 한 솥 끓여 먹였다. 아이들을 데리고 빈 땅에 가서 축구도 하고, 아이들에게 얼음이 들어있는 음료수를 사주고, 인도네시아어를 열심히 공부해서 몇 개월이 지난 후부터는 교회에 오는 아이들에게 제자 훈련을 했다. 어디서도 인정받지 못하던 아이들이 교회에 오면 놀아주고 악기를 가르쳐 주고 격려해 주는 형과 누나를 만나서 변해갔다.

인도네시아는 병원 시설이 좋지 않아 아내가 임신한 견습 선교사들은 이곳에 오기 전 걱정을 먼저 했다. 나는 이 나라 사람들이 문제없이 아기를 잘 낳는다고 걱정하지 말고 오라고 했다. 그래서 견습 선교사 중, 세 가정에서 세 명의 아기가 바탐에서 태어났다.

선교에 방해될 것 같다며 아기를 갖지 않고 견습 선교사로 온 부부가 있었다. 좋은 가정에서 아기를 많이 낳아 잘 기르는 것이 가장 좋은 선교라고 아기를 낳으라고 격려했다. 그래서 아기 중에 Made in Indonesia도 있다. 사모님이 임신한 후 입덧이 심해서 여러 달 고생을 하면서도 이곳 아이들을 섬겼다.

나보다 가진 것이 적은 이들과 같이 살면서 나누고 섬기면서 삶으로 예수님을 보여준 선교사들이었다. 그래서 이 선교사들이 떠나는 날에는 예배실이 눈물바다가 되었다. 이곳 아이들도, 견습 선교사들도 떠나는 것이 아쉬워 모두 울었다.

바탐은 영어권이 아니고 살기 좋은 곳이 아니다. 아파트 4층에 있는 선교관은 쓰레기를 버리는 구멍이 층마다 있어 버려진 음식물, 쓰레기 악취가 올라오고, 쥐들이 넘나들고 셀 수 없이 많은 바퀴벌레가 같이 산다.

한 자매 선교사가 바탐에 도착해서 선교관으로 올라가던 첫날, 계단을 올라가는 우리 발소리에 놀란 쥐가 도망가다 벽이 막혀 도망갈 곳이 없자, 돌아서서 새로 온 자매 선교사의 샌들속 뽀얀 발등을 물고 달아났다. 덥고 더럽고 냄새나는 이곳에 해마다 부부로, 독신 선교사로 와서 이곳 사람들과 함께 살다 가면서 오히려 많이 쉬고, 살아온 날 중 가장 편한 시간이었다고 말하는 선교사들이었다.

견습 선교사들은 신대원을 휴학하고 일 년 동안 이곳에서 살면서 이 나라 말을 배우고 이곳 사람들을 전도했다. 평신도 선교사로 와서 유치원 교사 혹은 음악 선생님으로 아이들을 가르치며 복음을 전한 이들도 있다.

지금까지 형제처럼 가족처럼 함께 살다간 견습 선교사와 평신도 선교사들로 인해 이곳 사람들이 예수님을 만나고, 아이들은 그들의 섬김을 받으면서 꿈을 꾸고 괜찮은 사람들로 자랐다. 교회는 개척교회이고, 우리 또한 이분들에게 줄 수 있는 게 없었다. 그들은 자비량 선교사로 와서 할 수 있는 모든 것을 다 쏟고 돌아갔다. 우리 선교 사역이 풍성했던 것은 하나님이 보낸 이 천사들 때문이다.

우리 선교 사역의 백미는 방학마다 오는 단기 선교사들의 헌신이다. 한국 교회 청년들이 여름과 겨울방학에 단기 선교로 이곳에 와서 2주간 지내는 팀도 있고, 짧게는 일주일 또는 며칠을 같이 지내고 갔다. 선교 올 때 휴가를 낼 수 없는 청년은 아예 회사를 그만두고 왔다고 했다. 매번 방학마다 청년들이 와서 땀을 흘렸다. 청년들은 초등학교 교실에 들어가 미술과 만들기 수업을 하고, 나무를 심고, 학교의 벽과 낡은 책걸상을 페인트로 칠하고, 학교 벽에 멋진 벽화를 그려주었다. 아이들과 운동회와 공연을 하면서 좋은 추억을 만들어 주기도 했다.

청년들은 외딴섬에 몇 시간이고 배를 타고 가서 성경학교를 하면서 복음을 전했다. 바탐의 빈민촌을 찾아가 동네 빈 땅에서, 개척교회에서 성경학교를 하고 아이들과 놀면서 복음을 전했다.

한국의 K-POP 바람이 불면서 이 나라 라디오와 TV에서 한국 아이돌 노래가 흘러나왔다. 그래서 한국 청년들이 올 때 아이돌의 춤을 연습해 오라고 부탁했다. 바탐의 대형 몰 몇 곳을 빌려 공연했는데, 몰의 책임자들이 우리가 공연하면 1층 중앙에 있는 무대와 음향 시스템을 준비해 주고 무료로 사용하게 해주었다. 음악이 온 몰에 가득 넘치고 청년들이 이곳에 오기 전 몇 달 동안 연습한 춤을 추면 진짜 아이돌 같았다. 몰에서 쇼핑하던 사람들이 몰려와 그 공간을 가득 메웠다. 흘러나오는 한국 노래를 인도네시아 청년들이 함께 불렀다. 우리는 처음 듣는 노래인데 이 나라 청년들은 잘 불렀다.

이 나라에서 복음을 전하는 게 법으로 금지되어 있어 우리는 그 무대에서 사이사이 한국어로 된 찬양을 틀고 워십 댄스를 하고 청년들이 준비한 인형극을 통해 복음을 이야기했다.

어떤 날은 바탐에서 가장 큰 현지 신문사 여자 기자가 몰에 와서 우리를 취재했다. 매우 영민하고 날카롭게 생긴 그녀가 영어를 잘하는 한 청년에게 어디서 무슨 목적으로 왔느냐고 물어보았는데, 청년이 그 자리에서 기독교인이고 전도하려는 목적이라고 말할까 봐 가슴이 조마조마한 적도 있었다.

여름방학마다 오는 일산의 한 교회 청년들은 '런닝맨'을 준비해 왔다. 여기 젊은이들이 즐겨보는 오락 프로라서 교회에 나오지 않는 청년들이 많이 왔다. 100여 명이 모여 같은 티셔츠를 입고 운동장에서 게임도 하고 마지막에 등에 붙은 번호판을 떼려고 청년이 뛰어다니면 웃음도 그 넓은 땅을 뛰어다녔다. 놀이 문화가 없는 이 나라 청년들에게 신나는 추억을 만들어 주었다. 믿음이 좋은 연예인들이 교회 청년들과 함께 선교지에 오면 전도하는 게 쉽겠다는 생각이 들곤 했다.

'Korean Culture Night'에는 청년들이 한국에서 가방 가득 들고 온 재료로 김밥, 잡채, 떡볶이, 어묵국, 불고기, 파전, 잔치국수 등을 만들었다. 청년들이 선교를 준비하면서 만들 음식을 정하고 이미 만들어서 맛본 음식이라서 모두 요리사처럼 음식을 만들어 냈다. 이 나라 청년들은 한국 드라마를 보면 먹는 장면이 많아 그 음식들이 궁금했다면서 만들어 내는 음식을 맛있게 먹었다. 인기 투표하면 때마다 가장 맛있는 음식이 달라지는데 그래도 청년들은 떡볶이를 제일 좋아했다. 해마다 오는 청년들은 여기 청년들과 친구가 되어 한국으로 돌아가서도 여기 청년들과 SNS를 통해 서로의 소식을 주고받으면서 좋은 친구가 되었다. SNS는 복음을 전하는 좋은 접촉점이 되어 주었다.

우리는 모인 청년들을 한국어 교실로 초대해서 한국어 수업을 했는데, 드라마와 오락 프로를 자주 보는 대학생들이나 대학을 졸업한 후 직장 다니는 청년들이 모였다. 그래서 한국어를 가르치면서 복음을 전하고 수업이 끝나면 길거리 음식점을 다니며 함께 먹고, 쉬는 날에는 한국 음식을 직접 만드는 요리 교실을 열었다.

이 시대는 어떤 시대보다 한국 사람이 선교하기 좋은 때이다. 30년 전, 싱가포르에서 이민국을 통과할 때 "돌아갈 비행기표와 가진 돈이 있냐?"고 물었다. 지금은 이민국을 통과할 때 여권을 내밀면 도장 찍는 직원이 한국말로 웃으며 먼저 인사한다.

한국의 경제가 발전하고 K-POP이 유명해지면서 한국인 선교사가 다른 나라 젊은이들에게 거부감 없이 낯설지 않게 복음을 전하는 시대를 살고 있으니 우리는 행복한 선교사가 아닐 수 없다.

선교지 현지인 동역자들의 동역을 빼놓을 수 없다. 선교는 하나님이 하시는 일이지만 사람을 통해 일어나고 이루어진다. 선교사는 눈에 보이는 건물을 크게 짓고 일을 벌일 수 있지만, 내실을 다지기가 쉽지 않다. 사역을 시작하는 선교사는 현지 언어와 문화, 법과 제도를 잘 모르면서 긍휼지심으로 사역을 하기 때문이다.

우리와 10년 동안 함께 일한 현지인 동역자가 있다. 이 자매는 일을 맡기면 일이 될 때까지 놓지 않고, 길이 없으면 직접 길을 만들었다. 삼십 세에 처음으로 교회에 나가 예수님을 만나고 선교의 꿈을 꾸었던 자매는 가족의 반대 때문에 선교사로 가지 못했지만, 우리와 함께 일하면서 선교사가 생각하는 것을 이해하고 현장에 가서 그 일을 모두 해냈다.

학교가 시작되고 십여 년이 지나고 보니 학교 운영에 빈틈이 많았다. 선생님들이 열심히 아이들을 가르쳐서 학교는 지역사회에서 인정받는 학교가 되었지만, 오랫동안 고착된 옳지 않은 관행을 알면서도 외국인인 선교사가 쉽게 손을 댈 수 없었다. 자매는 교사들과 좋은 관계를 유지하며 하나씩 그리고 천천히 그들의 언어와 방식으로 해결하면서 학교를 정비했다.

선교지에서 일어나는 일은 한국 교회 한 사람 한 사람이 드린 헌금으로 이루어지는 일이기에 선교 현장의 정직하지 않은 것이 마음속에 갈등이고 짐이었다. 신실한 자매는 선교사의 마음을 이해했다. 그는 교장이나 회계 담당자들이 유용하는 돈의 구멍을 막았다. 그래서 모든 교사의 월급이 올라가고 복지가 좋아져서 교사들은 우리 학교에서 일하는 것에 긍지를 가졌다. 지금은 젊고 유능한 젊은이들이 교사로 일하고 싶어 하는 학교가 되었다.

학교나 회사 어떤 단체든 회계 감사를 하면 현재 실태를 파악할 수 있는데, 적어도 지난 3년간의 회계를 감사하면 돈이 어떻게 운용되었는지, 건강지표가 어떤지 알 수 있다. 그래서 제일 기본이면서 중요한 것이 회계 시스템이다.

데디는 초등학교 때 학교를 마치면 다른 친구들은 아빠가 와서 차로 태워갔는데, 그 모습을 보며 다섯 살 때 세상을 떠나 얼굴도 기억나지 않는 아빠를 많이 원망했다고 한다.

우리가 아이를 처음 만났을 때, 초등학교 4학년이었다. 그는 초등학교를 졸업한 후 중학교에 진학하지 못하고 동네 음식점에서 차를 날랐다. 이미 학기가 시작된 후 알게 되어 나는 아이를 데리고 학교로 가서 교장을 만나 아이의 미래를 위해 입학을 부탁했다. 가난이 부끄러웠던 아이는 고등학교 입학 때도 말하지 않았다. 학기 시작한 후 알게 되어 뒤늦게 고등학교에 진학시켰다. 아이가 학비와 용돈을 스스로 벌게 하려고 오전마다 우리 집에 출근시켜 학교법인 일을 돕게 했다. 다행히 그 학교는 교실이 부족해서 오전 오후로 나누어 수업을 진행했는데 데디는 오후에 학교에 가게 되었다.

고등학교를 졸업할 때 그는 전체 1등을 차지했다. 우리가 아이들을 모아 주일학교를 시작하면서 아이들에게 매주 성경을 암송하게 했다. 놀라운 것은 아이들이 성경을 암송하면서 공부를 잘하고 안정적인 아이들로 성장했다. 그는 고등학교를 졸업한 후 바탐에 있는 야간 대학에 다니면서 우리 학교법인의 회계로 일했다. 대학 등록금과 필요한 생활비를 스스로 벌었다.

데디는 이 나라의 최고 명문인 자카르타에 있는 인도네시아 대학에서 석사과정을 마쳤다. 가난으로 꿈을 펼칠 수 없는 아이가 예수님을 만나 자신의 열등감을 극복하고 이제는 회계 전문가가 되어 우리 학교법인 총괄 회계를 담당하고 있다.

외국인 회사 바탐 현지 책임자였는데 은퇴한 후 우리 학교 재단의 실행 이사장으로 중요한 일을 감당해 주는 분도 있다. 이분은 미국 대학원에서 경영학을 공부한 경영 전문가로서 신실한 분인데 학교 운영을 위해 헌신하고 있다. 현지 동역자들은 외국인인 선교사가 보지 못하는 부분과 부족한 것을 채워 줄 뿐 아니라 함께 일하면서 많은 일을 이루어 낸다.

이곳에 우리를 보내고 삼십이 년을 하루처럼 기도와 헌금으로 후원해 준 파송 교회 성도들의 헌신이 우리가 이 땅에 뿌리를 내리고 살게 했다. 고지식하리만치 사람을 의지하지 않고 사람에게 기대지 않으려는 우리를 믿어준 후원 교회 목사님이 있다. 한국에서 바탐에 오려면 싱가포르를 경유해서 배를 타고 들어와야 하는데 초창기에 바탐에서 싱가포르에 나가려면 세금을 냈다. 그 금액이 우리에게 너무 커서 후원 교회 목사님이나 다른 분이 올 때 싱가포르까지 마중을 나가지 못했다. 지금도 손님이 오면 바탐의 항구에서 맞이하는데 선교사는 선교지에서 맡겨진 일에 충성하는 것이 하나님과 우리를 보낸 교회에 충성하는 것이라고 여기기 때문이다. 목사님은 마음이 넉넉해서 부족한 게 많은 우리를 지지해 주셨다.

교실 하나로 시작한 학교에 아이들이 늘어나면서 땅을 사고 교실을 건축해야 할 때마다 아낌없이 헌금을 보내준 교회와 선교회, 개인 후원자들이 있다. 이곳에 단기 선교 온 중학생인 아들이 사고로 천국 간 후, 이곳 아이들을 자신의 아이로 여기고 학교를 위해 헌신한 집사님 부부가 있다. 중학생들을 자신의 자녀로 생각하며 거의 매년 학교를 방문해서 아이들을 위해 모금한 장학금을 전달했다. 먼저 천국으로 떠난 남편을 기리며 헌금을 드린 할머니, 아버지를 천국으로 보내드린 후 헌금을 드린 아들, 사고를 당해 걸을 수 없는 집사님 부부가 드린 의미가 담긴 헌금 등 자신의 귀한 옥합을 깨트린 셀 수 없는 많은 분의 헌신이 이곳에서 젊은이들을 훈련하는 신학교와 유치원, 초등학교, 중학교, 고등학교로 지어졌고, 교회가 없는 마을에는 하나님께 예배드리는 예배당으로 건축되었다. 그리고 가난한 아이들을 위한 장학금으로 사용되었다.

삶과 물질을 드린 분들의 헌신으로 신학교를 졸업한 젊은이들은 목회자가 되어 일생을 하나님께 헌신하고 살 뿐만 아니라, 일반 학교에서 성경 가르치는 선생님이 되었다. 유치원에 입학한 아이들이 초등학교와 중학교를 거쳐 고등학교에 다니면서 지식을 습득할 뿐 아니라 학교에 오면 매일 기도로 시작하고, 예배를 드리고, 말씀을 외우고, 캠프를 하면서 하나님을 만나고 신앙인으로 자라 이 나라를 위한 재목이 되었다. 내가 가진 것을 나누는 것이 쉬운 일이 아니다. 우리 어머니는 주일이 되기 전 하나님께 드릴 헌금을 준비했다. 가난한 어머니는 필요한 것, 먹고 싶은 것 먹지 않고 헌금을 드렸다. 그러기에 교인들이 선교지에 보내는 헌금이 어떤 의미인지 안다. 그래서 생활비를 받으면 아무렇게나 쓸 수 없었다.

우리는 지금까지 팀으로 일하고 있다. 혼자 일하면 사람과 부딪치며 생기는 갈등은 피할 수 있을지 모르지만, 함께 일하면 얻는 것이 많다. 지금까지 여섯 가정이 함께 일했다. 삼십 년 동안 함께 산 분도 있고 얼마 전 새로 온 선교사도 있다. 우리는 함께 모여 머리를 맞대고 사역을 위해 나누고 기도하며 길을 찾아갔다. 갈등이 없었던 것은 아니다. 갈등이 생길 때, 일보다는 사람을 먼저 생각해서 어떤 것은 피해서 가기도 하고 기다렸다 가거나 시간이 걸려도 돌아가기도 하면서 서로를 존중하고 신뢰했다. 그래서 관계가 깨지지 않았다. 서로의 생각이 달라 부딪치기도 했지만, 그때마다 서로의 감정을 드러내지 않고 서로를 공격하지 않았다. 아무리 큰 어려움도 시간이 지나면 해결되었고 내 안에 묶어두고 드러내지 않은 감정은 잠잠해졌다. 내가 옳은 것도, 그가 틀린 것도 아니라 다르다는 것을 배웠다. 옳고 그름으로 접근하면 피할 수 없는 논쟁을 불러오지만 다르다고 인정하면 수용하는 폭이 넓어졌다. 그래서 다시 만나면 아무렇지 않게 웃을 수 있었다. 긁으면 부스럼이 생겼다. 기질과 생김새가 다른 선교사들과 함께 일하면서 배운 것이다. 함께 일하는 선교사들이 모두 이런 마음이어서 삼십이 년을 함께 온 이 길이 행복했다. 우리 혼자였다면 이룰 수 없는 일들이 이 땅에서 이루어졌다. 함께 동역하는 선교사들이 서로를 믿어주고 기다려 주고 어려울 때 서로를 격려하며 지냈기에 시너지가 생기고 그래서 이곳 선교지 사람들의 삶 또한 풍성해졌다.

우리는 일생 피하고 싶은 갈등과 같이 사는 존재이다. 소가 없으면 외양간은 깨끗하지만, 소가 있어야 얻는 것이 있다. 소가 많으면 얻는 것도 많다. 사람이 더해질수록 더 큰 시너지가 생겼다. 내가 갖지 못한 것, 보지 못하는 것을 보는 사람들이 있어 사역이 넓어졌다. 생각이 다른 사람들과 조율하며 가는 시간이 더디게 느껴졌지만, 삼십 년이 지나고 보니 더 쉽게 그리고 더 많은 일이 선교지에서 이루어졌다. 가까이에서 걱정해 주고 격려해 주고 어려울 때 힘이 되어준 동역자들이 가족처럼 여겨지곤 했다. 안식년이 되면 한국으로 가서 충분히 안식하고 돌아올 수 있었던 것은 내가 없어도 이곳에서 동역하는 선교사들이 있었기 때문이다.

지난 삼십여 년, 우리를 이끌어 준 선배 선교사님, 후원 교회 성도들, 얼굴도 없이 이름도 없이 이 땅을 선교한 사람들, 견습과 단기로 왔던 선교사들과 청년들, 의료 선교를 왔던 선생님들, 현지 사역자들과 선교지에서 발을 붙이고 산 선교사들. 우리는 모두 오케스트라의 한 사람 한 사람처럼 각자의 헌신을 드렸다. 그래서 이 땅에서 웅장한 교향곡을 이루어 냈다. 우리가 드린 열심과 헌신이 최고의 지휘자이신 하나님의 손가락 끝에서 위대한 작품으로 이 바탐 땅에서 이루어졌다.

외롭고 험한 길, 혼자였다면 탈진해서 중간에 포기했을지도 모른다. 어려운 지점마다 우리의 손을 잡아준 많은 동역자로 인해 마지막 지점까지 완주할 수 있었다. 어려움이 없을 때는 혼자여도 괜찮았다. 아플 때나 생각하지도 않은 일이 일어나 견딜 수 없을 때 함께 이 길을 동행해 준 동역자들이 있었기에 외지고 황량한 이 섬에서 살아냈다.

　파헤쳐진 땅만큼이나 어수선하고 사는 것이 쉽지 않았던 바탕, 선교사로 사는 삶이 낭만적이지만은 않았다. 젊어서는 그리 어려운지 모르고 살았는데 지금 돌아보면 아프고 고통스러운 순간들이 많았다. 그렇지만 이 길에서 만난 사람들이 길을 만들어 주고 길을 열어주었다. 세월을 먹으면서 이 땅에 뿌리가 내려질 때마다 연결되는 사람들로 인해 삼십여 년의 세월 동안 우리가 상상하지도 못한 일이 일어났고 이루어졌다. 모든 일이 하나님 손에 있지만, 하나님은 사람을 사용해서 일을 이루셨다. 하나님이 주신 선물인 '사람들'과 행복하게 살면서 일하고 하나님의 나라가 이 땅에 이루어지는 것을 보며 살았다.

　모두 선물이었다

광야 학교

아이들이 초등학교 다닐 때 나는 이렇게 기도했다.

"주님, 우리 아이들이 고난을 경험하게 해주세요. 그래서 예수님을 만나고 인생이 무엇인지 알게 해주세요."

나는 초등학교 때부터 학비를 제때 내지 못했다. 언제까지 낼 것인지 물어보며 야단치는 선생님 앞에서 풀이 죽어 고개를 들지 못했다. 눌린 보리쌀과 안남미가 섞인 정부미로 지은 찰기 없는 밥에 반찬으로 시어빠진 김치 몇 조각이 전부여서 점심시간이 부끄러웠다. 점심이 즐거운 아이들이 도시락을 열어 소시지, 달걀 등 보기만 해도 맛깔스러운 반찬을 서로 바꿔 먹을 때 나는 혼자였다. 학교 끝나고 텅 빈 집으로 돌아오면 배가 고파 물에 찬밥을 말아 허기를 채웠다. 늘 배가 고팠다.

잘하는 것이 없는 아이. 가난의 때가 꼬질꼬질한 아이. 말없이 교실 모퉁이에 앉아있다 수업 끝나는 종이 울리면 눌린 어깨를 펴지 못하고 산동네 집으로 돌아오는 아이. 그래서 학교 친구가 없는 외톨이었다. 학교를 마치면 동네 아이들과 저녁이 될 때까지 놀면서 떠나지 않는 걱정이 있었다.

'오늘 아버지가 술을 먹고 오면 어떡하지?'

아버지가 술에 취한 날은 엄마에게 모든 화를 풀었다. 나누는 것을 좋아하는 엄마가 콩나물을 많이 사서 이웃과 나눠 먹는 것도 싸움 거리였다. 사소한 것, 별일도 아닌 것에 시비 삼아 엄마와 다투는 아버지가 무섭고 싫었다.

마음이 불안해서 책을 읽을 때 집중하는 것이 어려웠다. 어릴 때 숙제를 제대로 한 기억이 없고 대학 다닐 때 리포트는 제출 시간이 임박해서야 겨우 마쳤다. 내 나이 사십이 넘어도 해 질 녘이면 불안했다. 그때까지도 이것이 어디서 시작되고 왜 생겼는지 몰랐는데, 주의력 결핍은 기분에 따라 무섭게 돌변하는 아버지가 준 선물이었다. 저녁때 마음이 불안하고 초조해서 어찌할 바를 모르는 나는 성인이 되었지만, 아직도 어릴 적 그때 그 아이가 내 속에 살고 있었고, 결혼 후 아버지와 같이 산 것도 아니고, 아버지가 돌아가신 게 십여 년이 지났지만 이미 뇌 속에 저장된 정보가 그 시간만 되면 작동했다.

초등학교 시절 우리 집에서 가장 값나가는 물건은 라디오였다. 그 라디오를 떨어트려 고장이 나면 아버지는 불같이 화를 냈다. 어린 나는 아버지가 라디오를 나보다 더 귀하게 여긴다고 생각했다. 나의 광야는 가난과 아버지였다.

이제 아버지의 나이가 되고 보니 아버지를 조금 알 것 같다. 아버지는 어린 시절 부모로부터 받은 상처를 평생 안고 살았다. 아버지는 6·25 전쟁통에 둘째 아들을 낳았다. 자식이 하나 더 늘었으니 아직 나이가 어린 아버지의 인생이 얼마나 혹독

모두 선물이었다

했을까? 아무리 성실하게 살아도 고단한 삶과 마음먹은 대로 되지 않는 인생, 가족에 대한 책임이 무거운 짐이지만 견디고 버티고 살아내야 하는 삶, 단칸방에 살면서 자식으로 인해 부부생활도 하지 못했을 아버지의 불만, 이것들이 쌓여 가장 가깝고 약한 아내와 자식들에게 폭발했고 그 폭격에 우리의 몸과 마음이 다 찢겨진 것이다.

엄마는 젊은 시절부터 해보지 않은 장사가 없다고 했다. 어느 해 겨울 눈이 많이 내려 낮부터 밤까지 우리가 신나게 미끄럼 타고 놀던 길이 밤새 차가운 날씨로 빙판으로 변한 것을 모르고 아직도 어두운 새벽녘 그 길을 걸어 장사하러 가다 엄마는 넘어져 팔이 부러졌다. 엄마는 병원에서 제대로 치료받지 못해 수십 년 동안 하나님 나라 갈 때까지 아픈 그 팔을 펴지 못하고 옆구리에 붙이고 사셨다. 가난에는 가난이 붙어다니고 고난에는 고난이 따라다녔다.

아버지와 사는 게 힘들었던 엄마는 자주 말했다.

"니 아버지 죽으면 너희와 행복하게 살 거야."

아버지 돌아가시고 우리와 함께 살 때 엄마가 말했다.

"그래도 니 아버지가 살아있을 때가 좋았다."

평생 남편 때문에, 돈 때문에, 자식 때문에 고생만 했던 엄마. 엄마와 함께 살면서 행복하게 마음 편하게 해드리지 못했다. 엄마는 일생 자신에게 주어진 광야 학교에서 예수님을 만나고 그 험악한 세월을 보내면서 불평하지 않았다. 나는 술주

정이 심한 아버지의 딸로 태어나 가난하고 열등한 사람이었고 하고 싶은 일, 가고 싶은 곳, 배우고 싶은 것을 하지 못했다.

가난한 아버지, 상처 주는 아버지로 인해 기댈 곳이 없어 하늘 아버지께 많은 밤 무릎을 꿇었다. 나는 나의 광야 학교에서 예수님을 만났다. 나는 지나온 날들, 나에게 주어졌던 광야 학교가 좋다. 우리 아버지의 딸로 우리 어머니의 딸로 태어나서 감사하다. 남편을 만나고 우리 아이들을 낳고 지금까지 살아온 이 길이 좋다. 내가 다시 삶을 선택한다 해도 이 길을 갈 것이다. 아이들이 어릴 때 고난을 경험하게 해달라고 기도했다는 이야기를 듣던 대학생 된 딸이 말했다.

"엄마 기도 때문에 우리가 고생했구나!"

산에 오르다 보면 숨이 차고 심장이 터져나갈 것처럼 박동이 거칠게 뛰지만 그래도 견디고 한 걸음씩 올라가 고도 1,000m를 지나면 어디서도 볼 수 없는 다른 세상이 펼쳐진다. 같은 한국인데도 그 세상은 다르다. 그곳에는 바람과 돌들이 산다. 곧게 자란 나무는 없고 바람을 견디다 이리저리 휘어진 소나무가 듬성듬성 산다.

그곳에 서 있는 나무들은 씨앗이 떨어지는 순간부터 처절한 삶의 이야기를 써 내려간다. 바위에 뿌리를 내려야 하기 때문이다. 몸을 태울 것 같은 뜨거운 태양이 온종일 내려와 바위를 뜨겁게 달굴 때나 엄동설한 몸을 쪼개는 칼바람이 불 때도 납

작 엎드려 포기할 수 없는 삶의 이야기를 만들어 간다. 그래서 곧게 자란 나무도 크게 자란 나무도 없다. 베어가도 목재로 쓸 수 없는 나무가 풍상을 겪으면서 한 자리에서 오랜 세월을 지낸 탓에 그들만이 지닌 멋이 있다.

오랜 세월 바탐에서 지내다 보니 묻는 이가 있다.
"어떻게 그 긴 세월을 여기서 살았어요?"
그럴 때마다 나는 말한다.
"아무도 베어가는 사람이 없었어요. 못생긴 나무가 산을 지킨다고 하잖아요."
우리는 안식년을 맞아 한국으로 갈 때마다 살림살이를 필요한 사람과 나누었다. 우리 또한 여기 살다 이사 간 사람에게서 얻어 쓴 물건이다. 선교사로 올 때 한국에서 이삿짐으로 책만 보냈다. 그래서 살림이 없었다. 책은 보물처럼 보관했다. 한국을 떠나면 한국 책을 구하기가 어렵기 때문이다. 살림살이를 남겨놓지 않았던 것은 하나님이 어디로 부르시든 떠나려는 마음이었다. 그래서 짐을 쌀 때마다 마음도 함께 정리했다.
사람에게 감동을 줄 만한 언변이 없어 선교비 모금을 잘하지 못했고, 사람들을 끌어당길 만한 영적인 능력이 없어 한꺼번에 여러 명이 주님께 결단하고 돌아오는 일도 일어나지 않았다. 때리면 맞고, 오해하면 설명하거나 해명하지 않았다. 그래서 많이 억울했던 날은 꿈속에서 해명하곤 했다. 사람들이 마음이 갈라지고 나뉠 때 어느 편에도 속하지 못한 탓에 외롭게 지냈다. 앞과 뒤를 재지 못해서 좋은 자리나 편한 자리가 보이지 않았고 어디를 가기 위해 이력서를 쓰지 않았다. 잘하는 것도 없고 내세울 것도 없는 작고 못생긴 나무였다. 그래서 베어가는 이가 없었다.

때로는 잘나가는 사람이 부럽기도 했다. 한국말로 마음껏 이야기하고 싶고 마음을 나눌 사람이 그리웠다. 이곳에서 변하지 않는 사람들로 인해 실망하기도 하고, 일이 생각만큼 시원하게 이루어지지 않는 날을 지내면서 밑 빠진 독에 물 붓는 것 같아 불안하고 지치기도 했다. 인도네시아 말이 생각처럼 늘지 않아 답답한 날에는 '내가 선교사가 맞나?'라는 자괴감이 밀려와 어디론가 도망가고 싶었던 때도 있었다.

그러나 이제는 못생긴 나무라서 좋다. 아무도 눈여겨 봐주지 않고 베어지지 않은 나무인 것이 감사하다. 이목이 된 나무가 새 땅에 뿌리를 내리기까지 많은 시간이 걸리듯 이 땅에 뿌리가 내려지기까지 견뎌내야 하는 아픔이 있었지만, 살아온 날만큼 이 땅에서 단단한 뿌리를 내리면서 다양한 사람을 만나고 그 사람들과 관계가 깊어지면서 할 일이 다양해졌을 뿐 아니라 그 사람들이 우리를 지지해 주고 지탱해 주었다.

만약에 우리가 소원한 대로 안식년이 지나고 다른 곳으로 갔다면 새로운 곳에 적응하기 위해 많은 에너지를 소비했을 것이고, 지금도 여전히 시작을 반복하고 있을 것이다. 지금 나무 아래서 그늘을 누리는 사람도 열매를 먹으며 행복해하는 사람도 만날 수 없을 것이다. 이제 지난날을 돌아보면 광야도 괜찮았고 못생긴 나무여서 좋다.

선교사님이 오지 않았다면

———————

  선교관으로 사용하던 아파트 4층에서 영어 팝송을 가르쳐 주겠다는 전단지를 만들어 아파트를 돌며 집마다 문을 두드렸다. 외딴섬에서 이주한 중국계 인도네시아 사람들이 이 아파트에 살고 있었다. 한국 사람이 영어 팝송을 가르쳐 준다는 말에 호기심이 생긴 초등학생이 하나, 둘 모여들었다. 한 번 온 아이들이 친구를 데리고 와서 아이들이 많아졌는데, 이 아이들은 잠시도 가만히 있지 못하고 십 분 이상 집중하지 못했다. 큰소리로 욕하고 싸우고 약한 아이를 보면 반쯤 죽을 만큼 때렸다. 아이들 속에 있는 분노와 상처, 깨진 정서가 자기보다 약한 아이들을 보면 잠시도 내버려 두지 못했다. 남자아이들이 찬 공에 선교관의 형광등이 깨지고 창문 유리가 박살이 났다. 아이들에게 팝송을 가르치다 일요일에는 예배를 드린다고 했을 때 남자아이 둘이 왔다. 한 아이는 초등학교 5학년인데 선교관 옆집에 사는 아이로 아이들에게 왕따 당하는 아이였고, 다른 아이는 유급이 되어 초등학교 2학년을 세 번째 다니는 아이였다.

  오는 아이들에게 기타와 키보드를 가르쳤다. 부끄러워 문밖

모두 선물이었다

에서 몸을 기울이면서 안을 들여다보던 아이들도 들어와 드럼과 태권도, 컴퓨터를 배웠다. 아이들이 태어나서 처음 만져보는 악기들이었다.

장신대 신대원을 다니다 일 년 휴학하고 온 견습 선교사들이 있어서 다양한 사역을 하면서 교회를 개척했다. 교회를 시작한 후 아이들의 가정을 방문했다. 월세로 얻은 너덧 평 정도의 작은 방에는 마땅한 가구도 없었고, 매트리스가 방을 전부 차지해서 앉을 공간이 없어 식구가 잠만 자는 곳이었다. 어릴 때부터 집에서 중국말을 쓰는 아이들은 인도네시아어가 서툴렀다. 그래서 인도네시아어로 공부하는 학교에서 공부를 따라가지 못했다. 아이들은 학교에서는 열등생이고 동네에서는 문제아로 찍혀서 비슷한 처지의 아이들과 몰려다니면서 사고를 쳤다.

중학교 2학년인 지미는 친구들과 함께 영업하는 오토바이를 대여해서 뒤에 친구를 태우고 도로를 달리다 미끄러져서 하수구에 처박혔다. 그는 혼날 게 두려워 집으로 못 가고 친구들과 함께 우리 집으로 왔다.

속이 울렁거리지 않느냐고 물으니 조금 울렁거린다고 했다. 누워 쉬게 한 후 의식이 멀쩡한 아이를 집에 데려다주면서 부모님께 말해서 꼭 병원에 가라고 했는데 결국 말하지 않고 있다가 새벽녘에 아이는 의식불명이 되었다. 뒤늦게 그의 부모님이 아들을 데리고 병원에 갔지만 이미 어려운 상태였다. 수술을 위해 견습 선교사로 온 전도사님이 헌혈했는데 소용이 없었다. 숨을 거둔 아이의 머리는 풍선처럼 부풀어 있었다. 아이를 묻고 돌아오는 길에 그의 핸드폰 사진을 보니 'I love Jesus'라고 쓰여있었다.

선교관에서 사는 견습 선교사들은 이 아이들이 올 때마다 형과 누나가 되어주었고, 아이들을 먹이며 같이 놀았다. 공휴일과 일요일 오후에는 아이들을 차에 태워 빈 땅으로 갔다. 정원이 여덟 명인 우리 자동차에 열댓 명이 넘는 아이들이 포개 앉아도 아이들은 행복해했다.

교회 옆에 살던 수나르디는 기타와 키보드를 배울 때 가장 늦게 이해했다. 아이들에게 놀림 받고 왕따 당하던 아이는 매일 교회로 와서 키보드를 배웠다. 그 아이는 나중에 교회 반주자가 되었는데 무슨 노래든지 듣기만 하면 그대로 쳤다. 낮은 자존감과 열등감으로 인해 어두웠던 아이가 키보드를 배우면서 회복되었다.

알롱은 친구들이 고등학생이 되었지만, 여전히 초등학생이었다. 처음 만나 이 친구에게 나이를 물어봤더니 얼굴이 붉어지면서 대답하지 못했다. 드럼을 배워보라고 하면 도망 다니던 아이가 어느 날부터 드럼 앞에 앉았다. 아이가 드럼을 칠 때 리듬감이나 손목 놀림이 유연해서 드럼 소리가 남달랐다. 아이는 드럼을 배우더니 다른 악기도 배우기 시작했다. 이 아

모두 선물이었다

이가 이제는 고등학교를 졸업했다. 공부를 못하면 열등아로 낙인이 찍히지만, 그 아이만이 가지고 있는 달란트가 있고 그것을 발견하고 펼쳐지면 자신감을 얻어 학교 공부도 잘했다.

　어린 시절의 내 모습에 이 아이들에게 포개진다. 가난 때문에 공부하지 못하는 아이들의 아픔이 내 아픔으로 여겨진다. 학비가 없을 때마다 내게 학비를 주신 분들이 있다. 중등부 때 교회에서 나를 가르쳐 주셨던 장 장로님은 내가 대학생이 되어 등록금을 내지 못할 때마다 봉투에 학비를 담아 건네주셨다. 직장 생활하는 장로님에게 자녀가 셋이 있었는데, 그 당시 자녀 둘이 대학생이었고 막내는 고등학생이었다. 세 자녀 뒷바라지도 쉽지 않은 월급쟁이 장로님이 나에게 주신 그 봉투 안에 가지런히 들어있던 등록금은 당신들 먹을 것을 먹지 않고 쓸 것을 쓰지 않고 주시는 사랑이었다. 지금까지 평생 기도해 주시는 아버지이다. 그분에게 배운 대로 나도 받은 것을 흘려보낸다. 말썽꾸러기들을 품을 수 있었던 것은 가난하고 열등했던 어린 시절에 생긴 틈 때문이고 받은 사랑 때문이다.
　공부가 싫고 미래를 꿈을 꿀 수 없던 아이들은 학교를 그만두고 싶어 했다. 그러나 그 아이들이 견습 선교사와 방학 때마다 단기 선교로 오는 한국 청년들이 전해주는 예수님을 만나고 그들을 모델 삼아 꿈을 꾸면서 변했다. 교회에 오는 말썽꾸러기인 아이들에게 내가 가장 많이 한 말이 있다.

"괜찮아. 괜찮아. 그래도 괜찮아."

창문을 깰 때도, 형광등이 깨질 때도, 잘못하고 실수할 때도 아이들에게 괜찮다는 말을 날마다 부어주고 잘하는 것에는 아낌없이 칭찬해 주었다. 아이들을 기다려 주었다. 중학생이 된 우리 아이들을 한국의 기숙사 학교로 보내고 교회를 개척했는데 이 아이들이 우리 아이들과 같은 또래라서 내 자식 같았다. 그래서 그들이 어떤 일을 해도 괜찮았다.

이제 교회를 개척한 지 이십 년이 지났다. 말썽만 피우는 아이들, 환영받은 경험이 없는 아이들이 교회에 오면 환대를 받으며 변했다. 교회에 왔던 아이들이 모두 예수님을 만난 것은 아니다. 그러나 예수님을 만난 아이들은 괜찮은 아이로 자랐다.

2022년 10월 우리가 선교지를 떠나는 날, 장성해서 가정을 이루고 직장인이 된 교인들이 멋진 환송회를 해주면서 고백했다.

"선교사님이 여기 오지 않았다면, 지금의 나는 없습니다."

모두 선물이었다

쓰나미와 사람들

그날 바다로부터 굉음이 들렸다. 태어나서 처음 듣는 거대한 소리였다. 사람들은 그 소리가 무슨 소리인지 몰랐다. 그리고 갑자기 바닷물이 빠져나가는데 그 속도를 따라가지 못한 물고기들이 모래 위에서 팔딱였다. 처음 보는 광경에 흥분한 사람들은 양동이를 들고나와 탄성을 지르며 물고기를 손으로 마구 잡아 양동이에 담았다. 누구도 잠시 후 일어날 일을 알지 못했다. 그 소리는 바닷속에 있는 거대한 땅덩이가 서로 부딪히는 소리였다.

2004년 성탄절 다음 날 아침, 바다에서 규모 9.1의 강진이 일어났다. 그리고 대형 쓰나미가 높이 30m도 넘는 파도로 몰려와 집과 동네를 지우고, 인도네시아 아체주에 사는 사람 십이만 명을 삼켰다. 밀려오는 파도에 놀라 가까운 야자나무 위로 올라가 다섯 시간을 버텼다는 한 여자는 나무 아래에서 벌어지는 거친 물소리와 그 물에 떠내려가는 사람들의 아우성을 들으며 사투를 벌였다. 맨 위에 나뭇잎이 있을 뿐 발을 얹고 손으로 잡을 가지가 없는 야자수 나무는 표면조차도 미끄럽다. 그녀는 가슴을 나무에 바짝 붙이고 두 발과 두 팔로 사력을 다해 나무를 안았다. 물이 빠진 후 나무에서 내려와서야 비로소 통증을 느꼈는데 팔이 부려져 있었다. 이날 많은 이들이 집 앞에 있는 야자나무 위로 올라갔지만 살아남은 이가 많지 않았다. 강한 파도에 나무들이 뿌리까지 뽑힌 채 땅 위로 나뒹그러졌기 때문이다.

눈앞으로 밀려오는 높은 파도를 본 엄마들은 바닷가로 간 아이들을 찾으러 나갔다가 아이들과 함께 영영 돌아오지 못했다. 아빠들의 생존율이 높았는데 어떤 아저씨가 힘없이 말했다.

"아이들이 산으로 간 것 같아 무조건 산으로 뛰었습니다."

거친 파도가 산 아래까지 몰려갔는데 사력을 다해 산으로 간 사람은 살았다. 그러나 그들은 살아도 산 것이 아니었다. 아내와 아이들 그리고 삶의 터전 모두를 잃어버렸다. 망연자실한 그들의 눈동자는 초점 없이 허공만 응시했는데, 그들에게는 마실 물이나 먹을 것이 없었다. 우물은 바닷물이 들어와 모두 짠물로 변해버렸고 논과 밭은 해수면 아래로 잠겨버렸다. 쓰나미가 지나간 그 땅의 생존자들에게는 또 다른 삶의 쓰나미가 기다렸다.

쓰나미 이후 여진이 계속되었다. 책상 위에 올려놓은 컵이 흔들리고, 망망한 바다는 배가 보이지 않고, 도로는 지진으로 갈라지고 부서져서 차가 다니지 못했다. 시간이 지나면서 주요 도로가 복구되었지만, 강도 높은 지진이 다시 오면 바닷물

모두 선물이었다

이 출렁이듯 땅 저쪽부터 일렁이며 우리가 서 있는 곳을 파도처럼 지나갔다. 그리고 땅이 두 쪽으로 갈라졌다. 그런 날은 최후의 심판 날 같았다.

어려운 일을 당한 아체 사람들에게 국제 NGO들이 찾아왔다. 쓰나미 소식과 함께 그 땅으로 달려온 사람 중 70% 이상은 기독교 NGO였다. 그들은 사람들에게 물, 음식, 텐트 등 생활에 필요한 물건을 헬기로 전해주었고, 바닷물을 정수해서 식수로 만들어 주었을 뿐 아니라 집도 지어주었다. 그곳에서 우리를 태워준 미국인 헬기 조종사는 칼리만탄의 MAF 소속 선교사였는데, 차가 다닐 수 없는 오지에서 경비행기 조종사로 일하다 미국으로 돌아가 회사에 다닌다고 했다. 그는 아체 쓰나미 소식을 듣고 휴가를 내어 왔다. 한국에서도 NGO 단체들과 많은 교회가 구호를 위해 아체로 모였다. 모두 무슬림인 뜨놈 마을의 스피커에서 날마다 조쉬 그로반이 부르는 〈You Raise Me Up〉이 온종일 흘러나왔다.

쓰나미가 발생하고 2주 후, 고등학교에 다니던 우리 아이들이 한국에서 온 봉사자들에게 인도네시아어로 통역을 하기 위해 아체로 갔다. 아이들을 보내놓고 '이게 아이들과 마지막이 되는 건 아닐까?'라는 생각에 잠을 이룰 수 없었다. 쓰나미는 지나갔지만 수인성 전염병이 그 땅에 창궐했다.

아체는 처참한 광경이었다. 마을 마당에는 시신이 가득했다. 어디서 떠내려왔는지 알 수 없는 연고자가 없는 시신이 넘쳐

났다. 살아남은 사람들은 가족의 시신을 찾으러 마을들을 돌아다녔지만 찾지 못했다. 매일 35도가 넘는 뜨거운 날씨에 시신이 부패했다. 사람의 손으로 할 수 없어 포크레인으로 땅을 파고 비닐을 깔고 매장했다. 모든 건물이 무너지면서 깔려 죽은 이들에게는 손을 쓸 수 없어 가는 곳마다 인육이 썩는 냄새가 났다.

고등학생이었던 우리 아이들이 아체에서 경험한 처참한 광경과 냄새가 수년 동안 트라우마로 남았지만, 봉사하는 삶을 배웠다고 했다.

쓰나미가 일어난 그 날 아침, 바닷가에서 체육대회를 하기 위해 모인 경찰들이 모두 목숨을 잃었고, 공무원들도 살아남은 사람이 얼마 되지 않아 치안, 행정, 경제, 사회 등 모든 것이 붕괴되고 마비되었다. 시신을 수습할 때 손가락이 잘려져 나간 이들이 많았는데 그 상황 속에서도 물을 먹어 온몸이 부은 이들의 손가락에서 금반지를 빼가기 위해 시신의 손을 절단하는 사람들이 있었다.

남편은 쓰나미로 인해 폐허가 된 아체에서 신학교를 졸업한 제자들과 견습 선교사와 함께 살면서 그곳의 재건을 도왔고 현장에 올 수 없는 선교사들은 후방에서 한마음이 되어 같이 일했다. 현지에는 인적, 물적 자원이 없어 메단이라는 도시에서 필요한 사람과 물자를 구했는데 물자를 운반하려면 스무 시간 이상 걸렸다.

수도관 파이프를 땅속에 좌우로 흔들면서 넣으면 파이프 안으로 차오르는 모래를 기계로 퍼낸다. 그렇게 20~30m 정도 들어가면 물이 나왔는데 그곳마다 펌프와 발전기를 설치하고 그 옆에 샤워실과 화장실을 지었다. 누구나 와서 샤워하고 필요한 물을 길어갔다. 사십 개 마을에 관정 우물을 팠다.

학교 건물을 잃어버린 아이들은 임시천막에서 수업을 받았는데 두 개 학교 어린이들을 위해 점심을 만들어 학교로 배달했고, 메단에서 현지인 의사를 모셔서 무료 진료 센터를 운영했는데 어렵고 험한 지역에 온 젊은 의사들은 며칠을 견디지 못하고 떠났다.

아체민은 모두 이슬람교도이다. 그곳에는 종교법인 샤리아가 건재해서 종교를 개종하면 공동체에서 쫓겨났고, 이슬람법을 어기면 사람들이 모인 마당에서 매를 맞았다. 그 땅에서는 복음을 전하기도 개종하기도 어렵다. 우리는 예배드릴 때 찬송은 부르지 못하고 눈은 뜨고 기도했지만, 현지인들은 우리를 보고 말했다.

"우리를 형제라고 하는 아랍인들은 오지 않는데, 기독교인들이 와서 우리를 돕네요!"

무슬림은 어떤 상황에서도 '인샤알라'라고 한다. '알라의 뜻이다'라는 말뜻처럼 이들은 신에게 순응하며 산다. 그러나 그들은 쓰나미로 인한 정신적, 육체적인 질병과 고통을 쉽게 해결하지 못했다.

쓰나미가 일어나기 전에는 가볼 생각조차 할 수 없었던 땅에 한국 교회와 성도들이 보내준 헌금으로 남편은 신학생들과 함께 일 년 육 개월 동안 그 땅에서 살았다. 우리 외에도 세계 각국에서 온 사람들이 낮에는 그 땅의 재건을 위해 땀을 흘리고 밤에는 아체 독립을 위해 총 들고 다니는 반군들로 인해 긴장하면서도 헌신했다. 그들은 NGO라는 이름으로 온 무명의 그리스도인들이었다. 우리는 더운 날씨에 먹을 것, 씻을 곳과 쉴 곳, 잘 곳이 마땅치 않아 야영 생활을 하면서 마을 사람들을 도왔다.

뜨놈 마을에 베이스캠프를 만들고 주변 마을을 다니며 사람들을 만나고 돕던 때가 얼마 전 같은데 어느새 이십 년이 지났다. 허물어진 그 땅에는 지금 아기들이 태어나고 나무들은 싹을 틔워 빈자리가 채워졌을 것인데 그 이후로 가보지 못했다.

모두 선물이었다

마흔여섯 살 새내기

    장신대 신대원 학생들이 선교학과 교수님과 선교 현지 답사를 하러 바탐에 온 적이 있다. 아체에서 일하는 남편을 대신해 현지 신학교에서 드리는 예배 때, 교수님의 설교를 통역했는데 예배 마친 후 돌아오는 길에 여성 선교사가 통역하는 것이 흐뭇했는지 나에게 공부를 계속하라고 권했다.

    "안식년 때 장신대에 와서 공부하세요. 선교사들을 위한 신대원 입학 특별전형이 있어요."

    공부를 좋아한 적도 없고 잘한 적이 없어서 선뜻 대답하지 못했는데, 남편도 우리 집에 목사 한 사람이면 충분하다며 은근히 말렸다. 그런데 언제부터 시작되었는지 알 수 없지만, 눈을 감으면 내가 강단에 서 있는 모습이 펼쳐지곤 한다고 남편에게 말했더니, "그럼, 학교에 입학해야겠네!"라고 했다. 하나님의 부르심일 수도 있다는 생각과 시도해 보지도 않으면 후회가 남을 것 같아서 입학원서를 내고 결과가 어떻든지 받아들이기로 했다.

    면접하는 날 엘리베이터를 타고 올라가는데 나이가 지긋이 든 한 여자분이 면접하러 가느냐면서 면접관이 물으면 "학비는 준비됐다"고 하고, "하나님이 주실 거라는 말을 절대로 하지 말라"고 했다. 돈이 있어 보이지 않고 나이 든 나를 보니 걱정되었는지 초면인 그분이 나에게 당부했다.

면접 자리에 앉으니 면접관이 몇 가지 질문을 했는데, 왜 신대원에 오려고 하느냐는 질문에 신학을 공부하면 글을 쓰는 데 도움이 될 것 같다고 했고, 학비는 어떻게 조달할 것이냐는 질문에 지금까지 어려울 때마다 함께해 주신 하나님이 학비도 주실 것이라고 대답했다. 학교에 입학하든 그렇지 못하든 정직하게 말하는 게 옳다고 생각했다.

대학 시절 풋풋했던 스무 살 친구들과 거닐었던 교정에 돌아오니 그 친구들은 없지만, 신대원에서 같이 공부하는 젊은 동기들과 함께 그 교정에 있는 것이 좋았다. 학문이 발전하고 진보해서 모든 것이 새로웠다.

대학 4학년 봄, 결혼해서 지리산으로 내려간 후 세월이 지나도 졸업이란 매듭을 묶지 않고 학교를 떠나서인지 아이를 낳고 살면서도 여전히 나는 학생 같았다. 선교지에 와서도 끝내지 못한 공부의 아쉬움이 사그라지지 않았다. 가끔 시험 치는 꿈을 꾸었는데 답을 쓰지 못해서 쩔쩔매고 끙끙거리면서 시험공부를 열심히 하지 않은 걸 후회하며 잠에서 깨곤 했다.

어린 시절 눈은 책을 보고 있지만, 생각은 글자에 머물지 않고 어디론가 돌아다녔다. 주의력 결핍 장애가 있다는 것을 알

모두 선물이었다

기 전에는 공부를 열심히 하지 않아 장학금을 받지 못한 나를 많이 자책했다. 대학을 마무리하지 못해서 오는 후회와 열등 감이 늘 붙어다녔다. 그러나 대학을 졸업하지 못한 아쉬움은 돛단배의 돛이 되었고, 후회와 열등감은 목적지로 밀어주는 바람이 되어 앞으로 나가게 하는 동력이 되었다. 그때 졸업을 했더라면 공부도 졸업했을 것이다.

초등학생인 우리 아이들이 학교에 가는 오전에는 시간계획 표를 짜서 읽고 싶은 책을 읽고 배우고 싶은 것을 혼자서 끙 끙거리며 했다. 오전에 그렇게 서너 시간 보내고 나면 힘이 다 빠지곤 했다. 그래서 요즘도 아이들이 말한다. 어릴 때 학교 끝 나고 집으로 돌아오면 엄마는 늘 누워있었다고.

여전히 나는 난독증이 있다. 영어를 읽을 때나 단어의 철자 를 아직도 제대로 읽고 쓰기가 어렵다. 그래서 젊고 뛰어난 친 구들 사이에서 공부하는 것이 부담스러웠고 공부를 따라가기 힘들 것 같아 학교 입학을 망설였다. 그러나 막상 학교로 돌아 와 보니 시간 관리하면서 혼자 공부한 것이 도움되었는지 학 교에서 하는 공부가 어렵지 않았다. 이해력이나 관점이 넓어 져서 더 넓게 볼 수 있었던 것은 선교지에서 타 문화 사람들과 살면서 수용의 폭이 넓어지고 나이를 먹으면서 경험의 폭이 넓어졌기 때문일 것이다.

주말이 되면 포항으로 내려가 포항의 한 교회에서 유치부 전도사로 일했다. 목회자의 아내로 살았던 경험이 전도사로 일할 때 자연스럽게 마더십(Mothership)으로 발휘되었다. 할 수 있는 게 별로 없지만, 아이들에게 성경을 재미있게 들려주었다. 유치부 아이들이 똘망똘망한 눈망울로 성경 이야기를 집중해서 들여준 것이나, 유치부 선생님들의 사랑을 듬뿍 먹으면서 전도사로 지낸 시간이 색다른 경험이었는데 지금도 여전히 그때를 생각하면 행복하다.

우리 아이들이 포항 한동대 안에 있는 선교사 자녀학교의 기숙사에서 생활하다 기숙사비를 아끼려고 월세로 집을 얻어 세 아이가 같이 지냈다. 부모와 떨어져 살면서 고생하는 아이들에게 늘 미안한 마음이 있었다. 그래서 엄마의 사랑을 조금이라도 담아주려고 포항의 한 교회에서 전도사로 일했다. 금요일 수업이 끝나자마자 아이들에게 가서 집 청소와 빨래, 음식을 해서 같이 먹고 월요일에 서울로 올라갈 때는 아이들 손이 안 가도록 청소와 집 정리 다시 하고 기차를 타고 갔다. 공부와 사역 그리고 엄마의 몫을 함께했던 그 시간이 좋았다.

학교에서는 학과 공부 외에도 헬라어, 히브리어, 성경 종합 시험을 통과해야 했다. 외우는 것에 자신이 없던 터라 300개가 넘는 성경 구절을 외우는 것에 대한 두려움이 있었다. 그러나 성경을 외우고 있는 나를 보며 놀랐는데 못 한 게 아니라 안 한 것이었다. 시간을 길게 잡고 반복하고 또 반복했다. 신대원에 입학해서 배우는 기쁨도 컸지만, 자신감과 잠자고 있던 잠재력이 일어나고, 공부 트라우마와 화해하고 내 안에 쭈그

모두 선물이었다

리고 앉아있던 열등감을 보듬어 주게 되었다.

　사람들은 일생 사는 동안 기회가 여러 번 오는 것이 아니라고 한다. 그러나 기회란 특정한 소수에게만 한시적으로 주어지는 것이 아니라 우리 옆에서 항상 기다리고 있다. 준비된 사람은 그의 손을 잡지만, 준비하지 않은 사람에게는 보이지 않고, 그가 손 내밀어도 두려워서 잡지 못한다.

　신대원에서 다양한 것을 배운 것이 좋았지만 무엇보다도 성경을 깊이 공부하면서 하나님을 만난 것이 큰 수확이었다. 다른 여성 선교사나 목회자 부인도 신대원에서 공부하면 좋겠다는 생각을 했다. 우리는 삶의 자리에서 부부일지라도 각각 자신에게 주어진 삶의 길을 간다. 남편의 부르심 때문도, 남편이 하는 사역을 위한 보조자로서가 아니라 우리는 유일한 존재로 하나님 앞에 있고, 단 한 번인 삶을 하나님 앞에서 살다 가는 존재이다.

　선교는 선교지 사람들에게 세련되고 금을 칠한 말이나 가난한 이들을 긍휼히 여기고 끊임없이 뭔가를 해결해 주는 것이 아니라 같이 사는 것이다. 나와 같은 사람 한 사람을 키우고 훈련하고 세우고 양육하는 일은 말이나 물질이 아니라 삶이다. 우리 아이들이 부모의 등어리를 보고 자라듯 선교지 사람들도 선교사의 삶을 보면서 닮아간다.

　신대원에서 배운 것을 선교지에 돌아와 나누면서 '공부는 다른 사람에게 주려고 하는 것이다'라는 것을 알았다. 공부는 다른 사람을 위한 헌신이다. 그날 운전하는 나에게 돌아오는 내내 대학원이든 신대원이든 공부를 하라고 말씀해 주셨던 이 교수님이 지금도 감사하다.

모두 선물이었다

선교사 자녀

우리나라 정부가 교민들을 위해 싱가포르에 한국 초등학교를 개교했다. 큰아이가 초등학교에 들어갈 때쯤이었다. 선임 선교사님이 아빠는 선교지에서 일하고 엄마는 아이들을 데리고 싱가포르로 나와서 아이를 입학시키라고 강권했다. 1세대 동료 선교사 자녀들이 대부분 영어 학교에 다녀 부모와 대화가 단절되고 정체성의 어려움을 겪는다는 것을 알고 있기에 초등학교만이라도 한국어 교육을 반드시 시키라고 했다. 말을 잃어버리면 나라를 잃어버리기 때문이다.

인도네시아에 와서 우리 아이들은 집에서 가까운 유치원과 초등학교에 다녔다. 다른 지역에서 선교사 자녀학교에 다니는 친구가 왔다 가면 초등학교 고학년이 된 큰아이는 마음이 흔들렸다. 아이는 그 학교에 가서 공부하고 자립해서 살아보고 싶다고 했다. 한날 아이와 둘이 앉아 매달 오는 생활비와 그 학교의 학비를 말해준 후 물었다.

"예람아, 네가 그 학교에 가고 싶으면 보내줄게. 우리 생활비로는 그 학교에 보낼 형편이 안 되지만 네가 그 학교로 간다면 하나님이 너의 학비를 주실 거야."

딸은 한참 동안 생각한 후 눈물을 주르르 흘렸다. 그리고 말했다.

"엄마, 나 그냥 여기 학교 다닐게요. 좋은 학교를 나와야 하나님을 위해 일하는 건 아니잖아요."

눈물을 흘리는 아이를 꼭 끌어안고 둘이 펑펑 울었다. 가고 싶었던 학교를 내려놓으면서 힘들었을 아이의 마음을 생각하니 아팠다. 어떤 엄마가 아이를 좋은 학교에 보내고 싶지 않을까?

아이들이 다니는 현지 학교의 수준은 내가 어릴 때 다니던 학교보다 더 뒤처져 있었다. 학교 시설도 시설이지만 선생님들은 고등학교를 졸업한 분들이었다. 나라 경제가 어렵다 보니 누런 갱지에 흑백 인쇄한 교과서는 공책처럼 두께가 얄팍했다. 저학년은 두 시간 반, 고학년도 12시 이전에 모든 수업이 끝이 났다. 그래도 감사한 것은 아이들이 다닌 학교가 기독교 학교라는 점이었다. 공립학교에서는 종교 시간에 이슬람을 가르쳤다. 인도네시아의 학생들은 초등학교부터 대학까지 모든 학교에서 매주 두 시간씩 의무적으로 종교교육을 받는다.

동료 선교사들이 걱정했다. 아이들 미래에 대해 대책 없는 부모라고도 했다. 배를 타고 40분 거리에 있는 싱가포르 한국 학교에 아이를 보내는 엄마는 좋은 학교 시설, 선생님들의 가르침, 교과과정에 대해 말했다. 나는 지금 가는 길이 잘 가고 있는 길인지 확신이 없어 흔들렸다. 누군가 앞서가는 사람이 있다면 그의 뒤를 따라가면 되는데 현지인 학교에 자녀를 보내는 선교사가 없었다.

큰아이가 중학교에 진학할 때 길을 몰라서 더 간절히 기도했다.

"하나님, 말씀만 해주세요. 제가 순종하겠습니다. 아이를 어디로 보낼까요?"

만나는 사람마다 영어 학교에 보내라고 했다. 교육의 질이 다르다고 했다. 인도네시아 현지인들도 여기 학교가 안 좋으니 싱가포르의 중학교로 보내라고 권면했다. 아이의 학교 친구 중에 싱가포르의 중학교에 진학하는 아이들이 여러 명 있었다. 남편에게 내가 아이들을 데리고 싱가포르에 나가는 게 어떠냐고 물으면 남편은 단번에 잘라 말했다.

"아이만 가면 OK. 당신까지 가는 건 안 돼요. 우리가 선교하러 왔지, 자녀 교육하러 왔어요?"

맞는 말이었다.

"주님, 어떻게 할까요? 사람들의 말이 아니라 당신의 말씀을 듣고 싶습니다. 말씀만 하시면 순종하겠습니다."

그렇게 기도하던 어느 날 화장실에 앉아있을 때 주님이 물으셨다.

"정임아, 자녀 교육을 위해서 선교사로 왔니?"

그 물음과 함께 문득 문림에 있을 때 기도했던 것이 떠올랐다.

"불교가 강한 집성촌인 이 마을에서 교회를 개척하며 사는 것이 어려운 일이기에 여기서 사는 것도 좋지만, 선교지에서 자녀 교육이 힘들 것 같으니 더 어려운 곳으로 보내주세요."

중학생이 된 큰아이가 인도네시아 학교에 다니다가 안식년이 되어 한국에 와서 청주의 한 중학교에 일 년 동안 다녔다. 아이들이 바탐에 있을 때 육 년 동안 한글학교에서 공부한 덕분에 한국 중학교에 다니면서 어려움이 없었다. 공부를 잘하고 적응을 잘하는 아이를 보며 오히려 선생님들이 놀라워했다.

안식년이 끝날 즈음 포항에 있는 한동대에 선교사 자녀를 위한 중고등학교가 개교되었다. 그래서 큰아이는 중학교 3학년에 둘째는 중학교 1학년에 입학시킨 후 우리는 선교지로 돌아왔다. 미국에서 의류 사업하는 한 장로님이 선교사 자녀를 위해 학교를 짓고 아이들의 학비를 지원해 주었다. 학비를 지원받았기에 막내까지 세 명의 아이들이 그 학교에서 공부할 수 있었다. 참 고마운 분이다.

선교사 자녀들을 모아 시작한 학교는 어려움이 많은 듯했다. 아이들 심리 검사를 하면 하나도 같은 유형이 나오지 않았다고 한다. 남미, 중국, 몽골, 캄보디아, 인도네시아 등에서 온 다양한 아이들이 외형은 한국 사람인데 생각과 행동이 천차만별이었다. 남미에서 온 아이들은 흥과 열정이 강하고, 인도네시아에서 온 아이들은 착한데 느리고, 사회주의 국가에서 온 아이들은 거짓말을 잘하니 한국에서만 살던 선생님들 눈에는 분명히 한국 아이들이면서 이상한 아이들이었다. 반대로 선교지 문화에 익숙한 아이들에게는 그들을 이해하지 못하는 한국 선생님이 이상했다. 아이들에게 한국은 또 다른 외국이고, 선생님들에게 이 아이들은 이해가 안 되는 한국 아이들이었다. 기숙사에서 문화가 다른 아이들이 같이 사는 것이 쉬운 일이 아니었다. 새로 시작하는 학교는 매 학기마다 커리큘럼이 바뀌고 안정감이 없었다. 학교 선생님들과 기숙사 사감님 그리고 아이들 모두 어려운 시간이었다.

방학에 집으로 돌아오면 아이가 말했다.

"나 바탐으로 돌아와 학교 다니면 안 돼요? 같이 입학했던 언니들은 이 학교에 있으면 대학에 못 간다고 모두 학교를 그만뒀어요. 그 학교 다니다가 나도 대학에 못 들어갈 것 같아요."

힘들어하는 딸에게 한 학기만 더 다녀보고 결정하자고 했다. 우리 아이들을 위해 하나님이 특별히 세우신 학교라는 확신이 있었다. 중학교 3학년에 그 학교에 들어간 큰아이가 고등학교를 마치고 졸업식 때 답사로 썼던 글을 보내왔는데 긴 장문의 내용에 아직도 잊을 수 없는 문구가 적혀있었다.

'이곳에서의 내 삶은 폭풍의 언덕과 같았습니다.'

아이들은 십 대의 사춘기를 부모 없이 보냈다. 별말이 없어 잘 적응한다고 여겼는데 대학생이 된 아들은, "내 가슴에 큰 구멍이 있어요"라고 했고, 막내는, "하나님 때문에 엄마 아빠가 우릴 버렸잖아요"라고 했다. 그래서 막내는 하나님이 싫다고 했다.

염평안 씨가 작곡한 〈요게벳의 노래〉를 듣다 보면 눈물이 흐르곤 한다. 갈대 상자에 자신의 생명보다 귀한 자식을 담아 버릴 수밖에 없는 엄마는 정처 없이 강물 따라 떠내려갈 상자 속 아이가 눈에 밟혀서 주저앉아 울었다. 아이의 참 주인이신 하나님께 그 아기를 맡기면서 또 울었다. 갈대 상자에 담아 우리 아이들을 기숙사 학교로 보내고 선교지로 돌아올 때 아이들이 어디로 떠내려갈지 알 수 없어서 보내는 나도 그 상자에 들어있는 아이들도 두려웠지만 참 주인이신 그분께 우리 아이들을 맡겼다.

아이들이 떠나고, 아이들이 없는 텅 빈 방에서 울고, 아들이 아파서 기숙사에 혼자 누워있다고 할 때 죽 한 그릇 끓여 먹이지 못하고 같이 있어주지 못하는 것이 아파서 울고, 막내가 2층에 있는 기도실에 올라가면 아래로 뛰어내리고 싶은 마음이 들 때가 있는데 엄마를 생각해서 못 뛰어내린다는 말에 울었다. 마음은 언제나 아이들과 함께 있지만, 몸은 너무 멀리 있어 아이들을 위해 어떤 것도 할 수 없는 게 아프고 힘들었다. 그래서 무릎을 꿇고 눈물을 쏟았다. 그렇게 새벽마다 기도하면

모두 선물이었다

하나님이 주시는 말씀이 있었고 그 말씀으로 마음이 평안해졌다. 그렇게 견뎠다.

아들이 중학교 1학년 때 시험을 본 후 말했다.

"엄마, 하얀 건 종이고 검은색은 글씨라는 것을 처음 알았어요."

영어 시험지를 받고 당황했던 아들이 지금은 미국 주립대학에서 장학금으로 학비와 생활비를 받으며 정치 철학 박사과정을 공부하고 있다. 어려운 고비와 막다른 길에 닿을 때마다 하나님은 길을 열어주셨다. 아이들이 뭔가를 하고 싶다고 말할 때마다 내가 해줄 수 있는 말이 이것뿐이었다.

"네 믿음으로 가라. 엄마는 기도할게."

세월이 지나고 보니 하나님은 아이들이 하고 싶은 것을 맘껏 할 수 있게 펼쳐주셨다. 부모를 떠나 어려움을 통과하면서 아이들은 믿음이 견고하고 하나님을 의지하는 사람으로 성장했다. 이제 성인이 된 아이들이 고백한다.

"우리가 지금 이렇게 사는 건 엄마 아빠가 하나님의 일을 해서 누리는 복 같아요. 그래서 감사해요."

어릴 때 선교사가 되고 싶다던 아들에게 물었다.

"선교사 할래?"

"아니요. 엄마 아빠의 삶은 존경하는데 가난은 싫어요."

나는 아들의 대답이 싫지 않았다. 우리가 인생을 잘살고 있다고 생각하게 했다. 존경한다는 말 때문이 아니다. 쉽지 않은 길을 잘 견디며 걸어왔다고 생각했다. 결혼 후 얼마 안 된 날 밥상에서 남편이 말했다.

"하나님의 종으로 부르심을 받았으니 이제부터 일식 삼찬하고 통장을 갖지 말고 삽시다."

남편은 결혼하기 전 가나안 농군학교 김용기 장로님으로부터 훈련을 받은 후 이런 삶을 지향했다. 경상도 산골에서 교회를 개척하며 사는 때나 선교지로 와서 사는 지금 쌓아둘 돈이 없을 뿐 아니라 맛있는 음식, 좋은 음식을 찾아가며 먹을 형편이 아니었다.

큰아이를 임신했을 때, 가끔 진주에 나가 식당을 지날 때면 냉면이 먹고 싶었다. 그 여름에 얼음이 들어있는 냉면 한 그릇 먹으면 뜨거운 날씨에 답답한 속이 시원해질 것 같은데 그 식당에 들어가지 못했다. 시장 안에 국수 파는 아주머니들이 여럿이 있는데 백 원짜리 동전 몇 개 주면 국수에 부추 고명을 얹어 국물에 말아주었다. 둘이 시장통에 앉아 그 잔치국수로 배를 채웠다.

가난이 싫다는 아들에게 물었다.

"맞아, 우리 가난하게 살았지. 그런데 네가 하고 싶은 것 하지 못한 것 있니?"

모두 선물이었다

"그렇지는 않았어요."

통장에 잔고가 남아있는 때가 없지만, 원하는 것을 하지 못한 것은 없다. 사람들은 돈이 없으면 제한이 많다고 여긴다. 하지만 믿음으로 사는 사람은 한계를 뛰어넘는다. 이 세상의 모든 것을 소유한 분이 우리 아버지이기 때문이다.

세상에서 가난해도 존경받는 직업이 있는데 목사와 시인이라고 한다. 가난은 불편하지만 불행하지 않다. 부족한 일상으로 오히려 날마다 무릎을 꿇었고 그래서 하나님을 깊이 만나게 되었을 뿐 아니라 하늘로부터 내려오는 만나를 하루하루 공급받으며 살았다. 그래서 가난한 것, 소유하지 않음이 감사하다.

우리 집에서 잠을 잤던 한 선교사는 우리 집이 야전 사령관 막사 같다고 했다. 어떤 이는 우리 삶을 미니멀 라이프라고 했다. 우리는 잠시 이 땅에 소풍 왔다 집으로 돌아갈 것이다. 내 소유라고 여기던 것은 떠나는 날 내 것이 아니다. 그래서 인생은 공수래공수거라고 했다.

말라카 해협에 위치한 바탐에는 해적들이 많았다. 한 선교사 집에 해적이 두 번 들어온 적이 있다. 5인조 또는 7인조 강도들이 문을 부수고 들어와 총으로 위협하며 돈을 빼앗아갔다. 남편이 한 주간 동안 섬으로 전도하러 가면 무서웠다. 열대야로 덥지만 창문을 열지 못하고 불안한 밤을 지냈다.

나는 우리 아이들을 위한 선교사라고 스스로 여겼다. 남편이 섬으로 전도하러 가고 섬 사역을 하면 나는 아이들과 함께 집에 있었다. 아이들이 아직 어렸기 때문이다. 나는 아이들에게 책을 읽어주었다. 큰아이는 혼자 읽으면 재미없다고 초등학교 2학년 때까지 책을 같이 읽었다. 잠자리에 누울 때 아이들이 책을 골라오면 읽어주다 나는 잠깐 졸면서 다른 말을 하는 것을 느끼는데 아이들은 열심히 들었다. 책 읽기는 잠자기 전의 의식이었다.

몇 년 만에 안식년으로 한국에 오면 돌아갈 때는 무게를 재서 가방을 쌌다. 20kg이 넘으면 비행기를 탈 때 짐 값을 내야 하기 때문이다. 그 가방에 아이들 책과 남편 책을 넣으면 다른 것은 넣을 수가 없었다. 청계천 중고 서점에 가서 산 동화책이 맞춤법이 개정되기 전에 출판된 책이지만 아이들은 재미있게 읽었다. 큰아이는 한 책을 여러 번 반복해서 읽으면서 속독을 터득했다. 아이들은 손이 가기 좋은 곳, 눈높이에 있는 책을 꺼내봤다. 그래서 나는 눈높이에서 벗어난 책을 눈높이의 자리로 자주 바꿔주었다. 다른 교육 방법은 없었다.

그 당시 바탐에 한인들이 칠십여 명쯤 살았다. 현대건설이 바탐공항 공사를 했는데 직원들이 가족들과 함께 회사 캠프에서 살았다. 바탐에 사는 한국 아이들을 모았는데 이십여 명이 됐다. 우리는 한글학교를 시작했다. 일주일에 3일, 하루 세 시간씩 선교관에서 한글학교를 했다. 아이들은 또 학교에 가야 하느냐고 투덜거렸지만, 아이들을 설득했다. 그래서 우리가 한 인교회를 섬기는 육 년 동안, 아이들이 한국 초등학교 전 교육 과정을 공부했고, 큰아이는 중학교 과정을 공부했다.

선생님으로는 한국에서 온 견습 선교사와 유치원 선생님 그리고 엄마들이 한 과목씩 가르쳤다. 일주일에 세 번 출근해야 하는 엄마들이 국어, 수학만 가르쳐 시간을 줄이자고 했다. 그러나 각 과목에서 사용하는 용어가 달라 외국에 사는 아이들에게 다양한 어휘를 경험하게 해주는 것이 필요했다. 엄마들을 설득했다. 체육과 미술은 격주로 했는데 전공한 엄마들이 있었다. 글쓰기를 가르쳐 준 선생님도 있었다. 아이들도, 엄마들도 쉬운 일이 아니었다. 그러나 이렇게 육 년을 공부한 아이들은 특별한 아이들이 되었다.

이제 큰딸은 초등학생 아이의 엄마가 되었다. 딸이 말했다.

"어떻게 엄마 아빠는 우리에게 한국 초등학교의 모든 교과 과정을 가르칠 생각을 하셨어요? 초등학교 교과서에 나오는 어휘가 가장 기초가 되는 어휘래요."

선교지에서 아이들을 학원에 보낼 수 없었다. 경제적으로 어려워서이기도 하지만 바탐에는 학원 자체가 없었다. 한국에 흔한 피아노 학원도 없었다. 그래서 한글학교를 하면서 얻은 게 많다. 아이들이 모이면 같이 노는 공간이 되었다. 아이들은 한국어는 한글학교에서 인도네시아어는 인도네시아 학교에서 배웠다. 그래서 한국어는 한국 사람처럼, 인도네시아어는 인도네시아 사람처럼 했다. 초등학교 5학년 된 딸에게 물은 적이 있다.

"예람아, 너는 꿈꿀 때 어느 나라 말로 하니?"

"한국말이지요. 인도네시아 친구들도 한국말로 나한테 말해요."

다섯 살에 인도네시아에 와서 현지 유치원과 초등학교에 다닌 딸이 당연하다는 듯 말했다. 꿈속에서 사용하는 언어는 그 사람의 모국어다.

엄마가 인도네시아인이고 아빠는 한국인인 가정에 4명의 자녀가 있었는데, 그 아이들에게는 매주 9시간 동안 국어의 읽기, 쓰기, 말하기 듣기를 가르쳤다. 집에서 한국어를 사용하지 않았던 아이들이 6년 동안 한국어 공부를 한 후 한국에 와서 대학에 다녔는데, 큰딸인 지영이는 3년 만에 조기 졸업을 했다. 한글학교와 현지 학교에서 공부하면서 아이들은 언어 능력과 학습 능력이 뛰어난 특별한 아이들이 되었다.

아이들이 한동대 안에 선교사 자녀를 위한 기숙사 학교에 갔을 때, 우리 아이들은 영어를 못했다. 영어로 하는 수업을 알아들을 수 없는 아이들이 좌절감을 느끼고 적응하는 게 쉽지 않았다. 유치원부터 영어 학교에 다니던 친구들이 유창하게 말을 하는 것을 보면서 부러워했다. 그러나 학년이 올라갈수록 영어를 습득하는 속도가 빨라졌는데, 한국어 어휘력이 풍부한 아이가 영어를 받아들일 때 이해하기 쉬웠다고 했다. 그리고 인도네시아어를 이미 습득한 경험이 또 다른 외국어를 배울 때 자동으로 작동해서 학습에 시너지 효과가 일어났다.

아이들이 새로운 곳에서 적응하면서 어려운 시간을 보낼 때, 나는 아이들을 위해 무릎을 꿇었다. 25년 전에는 카톡이 없었지만, skype를 사용해 아이들과 통화했다. 일주일에 두 번은 아이들과 통화를 했다. 일주일에 한 번은 삶에 대해서 신앙에 대해서 글을 써서 메일로 보냈다. 멀리 떨어져 있어 갈 수 없고 볼 수 없는 아이들과 그렇게 소통했다.

수도와 전기가 같이 끊긴 날은 땀이 온몸에서 비 오듯 쏟아지지만, 식탁에 촛불을 켜고 밥과 반찬 하나 올려놓으면서 나는 말했다.

"오늘은 촛불 파티야!"

"우와~ 촛불 파티다!"

어린 우리 아이들은 내 말을 따라 하며 신나게 식탁에 모였다. 진짜 파티하는 애들은 어두컴컴한 식탁 밑에 있는 모기들이다. 다리를 긁적거리면서도 아이들과 우리 웃음소리가 합창이 되어 집안에 가득했다. 아이들은 어떤 말을 하든지 부모가 하는 말을 받아들였다. 아이들은 부모가 보는 것을 보고 생각했다. 부모의 말과 행동을 보면서 아이들은 현재와 미래를 보는 프레임을 형성했다. 긍정적인 언어는 아이들 속에서 긍정적 강화를 주었다.

선교 현장의 이야기가 늘 밝고 따뜻한 것은 아니지만 성인이 된 아이들이 여기서 지낸 어린 시절이 행복했다고 한다.

선교사의 삶에서 가장 어려운 것이 자녀 교육이라고 한다. 우리는 선교지로 와서 아이들이 초등학교 때 여러 번 이사했고, 그때마다 학교를 옮겼다. 새로운 문화와 언어를 배우는 것은 쉬운 일이 아닌데 학교를 옮길 때마다 새로운 친구와 학교에 적응해야 하는 아이들이 얼마나 힘들었을지 생각하면 안쓰럽다. 아골골짝 빈들이라도 주님이 부르시면 가겠다는 소명을 놓치지 않기 위해 애쓰는 부모와 길을 같이 걸어온 아이들이 고맙다.

우리 또한 선교지로 나오면서 제일 어렵게 생각한 것이 자녀 교육이었다. 그러나 세월이 지나 돌아보니 아이들은 선교지에서 살면서 다른 언어를 배우고 다른 세상을 경험하면서 세계관이 넓어지고 한국보다 가난한 나라의 친구들과 어울리며 사람을 이해하고 삶이 더 풍성해졌다. 선교지에서 엄마 아빠가 하나님과 동행하며 사는 삶을 보면서 자란 것은 아이들이 어디서도 얻을 수 없는 것이었다.

안식년마다 한국으로 가는 우리를 보고 한국 대학 입학 전형에 대해 잘 아는 분들이 말했다.

"왜 한국으로 안식년을 가세요? 외국에서 십이 년 동안 학교에 다니면 특례로 서울대학도 걸어 들어갈 수 있어요."

앞뒤를 재지 않고 미련한 길을 택했던 이유는 아이들이 좋은 대학을 들어가는 것이 인생의 목적이 아니었기 때문이다. 현재를 행복하게 살면 미래도 행복할 것이고, 안식년마저 한국에서 보내지 않으면 아이들이 한국인이라는 정체성을 잃어버릴 것 같았다. 어느 대학을 가든지 자신이 노력해서 가는 것이 좋다고 여겼다. 우리 삶에 하나님의 은혜는 머물지만, 요행은 없기 때문이다. 지나온 길을 어렵게 돌아온 것 같은데 그 길이 지름길이었다.

새로운 습관

세상을 맘껏 돌아다니며 사람을 공포와 죽음으로 몰고 가는 신종 바이러스의 출현은 자연과의 공존을 깨트리고 편익을 우선으로 삼고 자연을 인간 중심으로 마음대로 만들고 조작하려는 이기적이고 오만한 인간이 만들어 낸 재앙이리라.

지난 2020년 3월 15일 교회에 모여 예배를 드린 후 2년 동안 교회 식구들을 만나지 못했다. 오랫동안 상점과 학교, 관공서도 문을 닫았고 비행기, 배도 끊겼다. 우리는 바탐이라는 작은 섬에 갇혀버렸다. 사람을 만날 수 없었다. 예배와 회의, 교인 심방도 비대면으로 했고 매월 하는 성찬식도 비대면으로 했다. 우리가 함께 일하는 현지 교단 교회는 매월 한 번 성찬식을 한다. 팬데믹이 길어지면서 포도주는 1인용으로 포장된 제품이 나오고 말린 빵이 있어 온라인으로 드리는 예배 때 각자의 집에서 성찬식에 참여하는데, 그전에는 상상하지 못한 일이다.

사람과 만나지 못하면서 옥상에 올라가서 하늘을 보는 일이 잦아졌다. 세상이 다 막힌 것 같은데 끝을 알 수 없는 하늘은 높고 푸르기만 하다. 구름은 하루도 같은 날이 없고, 날아다니는 새도 여전히 마음껏 날아다니고, 저만치 보이는 나무도 날마다 초록의 싱그러움을 발산한다. 이제는 그들이 집안에 갇힌 나를 바라본다.

사람을 집으로 초대하는 것이나 초대받는 것이 부담스러운 일이 되어버렸다. 사람들은 갈 곳을 잃어버렸다. 처음에는 막막한 죽음의 공포가 엄습했는데 2년이 지나면서 이제는 일상이 되었다.

모든 것이 마비된 삶이지만 아기들은 여전히 태어나고, 걷지 못하던 아이들이 걷고, 말을 시작하고, 집에서 비대면으로 주일학교 예배를 드리는 아이들은 키가 자랐고, 목소리가 굵어졌다. 세상은 비가 내려야 하는 계절이 오면 비가 오고, 눈이 내려야 하는 때가 되면 눈이 내린다. 세상은 전과 다름없이 돌아가는데, 냄새도 없고 보이지도 않는 바이러스로 인해 만물의 영장이라고 자부하던 사람들은 일상을 잃어버렸다. 일상만이 아니라 생명을 잃은 이들이 있어 고통스럽다.

남편을 만나 결혼한 후 교회 안에 살면서 혼자였던 적이 없었다. 날마다 오는 사람들과 부대끼며 사는 것이 일상이었고 그들을 챙기는 것이 내가 한 일이었다. 선교지로 와서도 셀 수 없을 만큼 손님이 다녀갔다. 자고 가려는 사람에게는 안방을 내주고 밥때가 되면 반찬 하나 더 만들어 숟가락 하나 더 얹으면 된다고 생각했다. 싱가포르에서 배를 타고 40분이면 도착하는 섬이라서 싱가포르를 경유하는 사람들이 안면이 없어도 우리 연락처를 알고 연락했다. 영어가 통하지 않아 항구에 내리는 순간부터 돌아갈 때까지 그들의 손과 발 그리고 입이 되어주었다.

나는 일요일이면 새벽부터 닭죽을 한 솥 끓였다. 주일학교 아이들을 가르치는 교사로, 예배 인도자로 이른 아침부터 식사를 거르고 교회에 와서 자신이 받은 사랑을 다음 세대에게 헌신하는 청년들에게 사랑을 먹이기 위해서였다. 그러나 갑자기 찾아온 팬데믹으로 소란스러울 만큼 뛰어다니며 웃던 아이들의 웃음소리도, 열심히 위층과 아래층을 오르내리며 헌신하고 예배드리던 교회 식구들의 찬송 소리도 이젠 사라졌다. 한국의 여름과 겨울방학이 되면 한 달 내내 단기 선교를 왔던 한국 청년들의 북적거림도 사라졌다. 건물만 남은 교회는 적막했고, 나는 우울하고 외로웠다. 집 밖을 나갈 수 없었고 사람들과 멀어져 답답한 일상을 탈출하려고 옥상으로 올라가면 끝을 알 수 없는 하늘에서 하나님의 숨소리가 들렸다. 아침, 저녁으로 그 자리에서 하늘로부터 내려오는 일용할 양식을 만났다.

청년 시절에 교회에서 만나 결혼한 부부가 사 년이 지나도 임신이 안 되었다. 병원서 임신이 어렵다는 진단을 받고 실의에 찬 자매가 말했다.

"제가 임신할 가능성이 5%밖에 안 된대요."

모두 선물이었다

"그래? 5% 가능하다는 거네. 같이 기도하자."

날마다 나의 자리에서 그 가정을 위해 기도했다. 그렇게 일 년이 지났을 때 전화가 왔다.

"저, 임신했어요!"

보내준 아기의 초음파 사진을 보면서 눈물이 났다. 그 부부의 기도와 아침저녁으로 드렸던 기도를 들어주신 하나님께 감사했다. 세상이 막히고 사람들과 단절되니 하나님과 더 자주 만나는 습관이 생기고 있다.

4장

넘치는 잔

이목 • 인도네시아에서 받은 선물
결핍이라는 선물 • 피니시 웰

여호와는
나의 목자시니
내게 부족함이 없으리로다

_ 시편 23장 1절

이목 移木

─────

"나는 이러다 죽나 보다. 아직 어린 우리 아이들은 어떡하지?"

시계는 새벽 한 시를 가리키는데 좁은 화장실에 들어가 앉으면 무덤 안에 있는 것 같았다. 눈물이 소리 없이 흘렀다. 아침이 오면 어김없이 언어학교에 가야 했다. 아기가 태어나서 '엄마'라는 말을 습득하기 위해 수천 번 반복하는 것처럼 학교에서 적은 양을 가르쳐 주지만, 학교를 마치면 점심을 먹고 그날 배운 말을 사람들과 대화하면서 익히기 위해 그 나라 대중교통인 '앙콧'에 탔다.

앙콧은 낡은 봉고차를 개조해서 양옆으로 긴 의자를 만들어 열 명 정도 앉을 수 있는 차이다. 사람들이 꽉 차도 타려는 사람이 있으면 운전사는 차를 세우는데, 마음씨가 좋은 그 사람들은 의자에 살짝 엉덩이를 걸쳐 앉으면서 새로 탄 사람에게 자리를 만들어 주었다. 마주 앉은 사람과의 거리가 1m도 안 되는데 남자들은 차 안에서 줄담배를 태웠다. 그래도 뭐라고 하는 사람이 없었다. 특별히 이슬람 금식 기간에는 해 뜨는 시간부터 해 질 녘까지 한 달 동안 물을 마시지 않고 침도 삼키지 않는 사람들의 입으로 올라오는 냄새는 참기 어려웠다.

우리는 언어를 배우는 중이라고 소개한 후 앞 사람이 내리면 다시 타는 사람들과 그날 배운 문장이 익혀질 때까지 반복해서 말했다. 그렇게 한 달이 지나서 동네 사람들과 인사를 나누게 되었고, 시장에서 물건을 사는 데 어려움이 없었다. 삼 개월이 지나서는 동네 사람들과 간단한 의사소통을 할 수 있었다.

매달 단계가 끝날 때마다 구두시험을 보는데, 그달 배운 말들을 잘 습득했는지를 평가받고 말이 부족한 사람은 유급시켰다. 유급당하고 천천히 가면 되는 일인데 일 년 기한으로 왔기에 모든 과정을 마치려고 매일 돌아다니면서 몇 시간이고 현지인들과 만나 말을 반복하면서 익혔다. 돌이 지난 아기가 있는 엄마에게는 무리한 일이었다. 포기하려고 할 때마다 남편이 말렸다.

"지금 언어 공부를 하지 않으면 기회가 없어요. 선교지에 가서 이 나라 말을 못하면 어떻게 살 거예요? 너무 열심히 하지 말고 그냥 학교만 다녀요."

남편은 우리 세대의 남자들이 그렇듯 가정일을 전혀 도와주지 않았다. 나는 몸과 마음이 피폐해지고 지쳤다.

"Jam berapa?(몇 시죠?)"

내가 한 잠꼬대에 놀라 깨곤 했는데, 새로운 언어를 배우고 문화와 기후에 적응하는 것이 생각만큼 쉽지 않았다. 타국에

모두 선물이었다

서 나 혼자 살아가기도 쉽지 않다. 좌충우돌 일어나는 갈등과 거기에 나를 끼워 맞춰야 하는데, 아이들이 돌아가면서 수두에 걸렸다. 둘째는 몸이 약해서 더 많이 아팠다. 아이들이 아픈데 병원비가 없었다. 가까이 사는 선교사에게 돈을 빌려 병원에 갔는데 의사는 수두에는 약이 없다면서 모기 물려 가려울 때 바르는 물약 하나만을 처방해 주었다.

그 나라 말을 한마디도 알아듣지 못하는 네 살 된 아들과 여섯 살 된 딸은 집에서 가까운 동네 유치원에 다녔다. 아들은 오줌을 싸서 축축해진 바지를 입고 하원하곤 했다. 돌 지난 아기는 도우미에게 맡겨졌다. 우리 부부는 아침에 학교에 가고 점심 먹은 후에는 앙콧을 타고 그날 배운 말이 입술에 익숙해질 때까지 돌아다녔다. 집에 돌아오면 온몸이 녹초가 되었다. 돌이 지나 말을 배우는 셋째는, 엄마보다는 돌보미와 함께 지내는 시간이 많아 자연스럽게 반둥사람들의 종족어인 순다어로 표현했다. 언어 공부를 마치고 반둥을 떠나는 날부터 셋째는 입술을 빨았다. 아이들은 아이들대로 결핍이 있고 부모인 우리는 그 땅에서 살아내려고 안간힘을 썼다.

반둥에서 언어 공부를 마치고 바탐으로 이사 온 후, 몇 년 동안은 반둥을 쳐다보고 싶지도, 가고 싶지도 않았다. 반둥에서 살던 때의 삶은 기억에서 지워버리고 싶을 만큼 고단했다. 나는 살이 많이 빠져서 힘이 없고 바람에 날아갈 것 같았다.

나이 서른에 나선 선교사의 길에서 이런 생각이 들었다.

'내가 사십을 넘길 수 있을까?'

그러나 어느덧 그 나라에 발을 붙이고 산 것이 삼십 년이 더 지나 한국에서 산 날보다 인도네시아에서 산 날이 더 많아졌다.

언어 공부를 마치고 선교지인 바탐으로 가는 날 이삿짐은 다섯 식구 옷이 든 큰 가방과 컴퓨터 박스 하나였다. 사역에 필요한데 바탐에는 파는 곳이 없다며 컴퓨터를 사는 남편에게 집세는 어떻게 하느냐고 물었다.

"바탐에 들어가면 우리 식구 잘 곳은 있겠지."

일과 사역이 우선순위였다. 그렇게 살아야 하는 줄 알았다.

하루도 쉬지 않고 새벽부터 동네에 몇 개씩 있는 이슬람 사원에서 동네가 떠나가도록 크게 틀어놓는 아잔 소리에 잠이 깨면 머리가 아팠다. 매년 한 달 동안 하는 금식 기간이 되면 사원에서 이른 새벽마다 해 뜨기 전에 밥 먹으라고 사이렌 소리를 틀어 온 동네를 깨웠다. 모일 때마다 스피커에서 흘러나오는 이슬람 지도자의 설교를 들으면 교회에서 듣는 설교와 다를 것이 없는데, 그 설교 속에서 '은혜'라는 말은 들을 수 없었다. 적도의 나라, 종교 간의 갈등과 종족 간의 분쟁이 자주 일어나는 나라에서 적응하고 선교사로 사는 일이 모험이고 도전이었다.

모두 선물이었다

1992년 바탐에 이사 온 후 무엇을 해야 할지, 어떤 것을 시작해야 할지 막막했다. 맨땅에 헤딩한다는 말을 실감했다. 선교사라는 이름으로 왔지만 메마르고 거친 황무지 땅에 뿌리를 내리려고 그리도 애쓰며 시작한 삶이었다.

처음으로 시작한 일은 오토바이를 타고 판자촌의 가난한 젊은이들을 찾아다녔다. 고향을 떠나온 젊은이들은 몸도 마음도 가난했다. 그들은 먼 친척일지라도 연결되는 사람이 있으면 그 집에서 지내면서 일자리를 찾았다. 바탐에 오천 명이 일할 수 있는 공단이 조성되면서 전국에서 젊은이들이 바탐으로 몰려들었다. 그래서 바탐 거리에는 젊은이들만 보였다. 날마다 몰려오는 젊은이들을 수용할 수 없는 바탐 정부는 한때 항구에 도착한 사람의 주민등록증을 확인하고 그들을 다시 배를 태워 고향으로 돌려보내는 일도 있었다. 우리가 처음 갔을 무렵 통계에 의하면 섬 인구가 오만 명이었는데, 날마다 이주해 오는 사람들로 인해 삼십여 년이 지난 현재 백오십만 명이 사는 큰 도시가 되었다.

그들은 친척에게 붙어살면서 직장을 구했다. 외지에서 자기 가족 살기도 만만치 않은 가난한 이들이지만 자기 집에 온 사람에게 먹을 것과 잠자리를 제공하면서 동병상련의 아픔을 나눴다. 제한된 일자리이기에 일 년이 넘도록 취업하지 못하면 고향으로 다시 돌아가는 사람들도 많았다. 바탐은 땅이 척박

해서 농사를 지을 수 없었다. 채소조차도 매일 다른 섬에서 배에 실려 들어왔다. 물가가 비싸서 직장이 없는 이는 먹고 사는 게 어려운 곳이었다.

남편은 고등학교를 졸업한 그들에게 영어를 가르쳐 주면 취업에 도움이 될 것이라며 영어를 가르쳐 주고, 주말에는 우리 집으로 초대해서 같이 밥을 먹었다. 배고픈 젊은이들이었다.

우리가 출석하던 현지 교회 목사님이 설교할 때 목이 쉬어 목소리가 나오지 않아 메가폰을 입에 대고 겨우겨우 말했다. 예배 후 남편이 그분에게 수지침을 놓아주었는데 그분의 목소리가 회복되어 남편은 순식간에 명의로 소문이 나서 그 교회 교인들과 동네 사람들이 치료받기 위해 우리 집으로 왔다. 날마다 저녁이 되면 우리 집은 환자로 북적이는 의원이 되었다.

반둥에서 언어 공부할 때 한 선교사가 선교지에 가면 도움이 될 것이라며 수지침을 가르쳐 주겠다고 했다. 언어 공부가 주는 중압감으로 쉽게 대답하지 못하는 남편에게 말했다.

"여보, 저분들도 공부가 벅찰 텐데 저렇게 여러 번 권하는데 우리 배웁시다. 죄송해서 더는 거절하지 못하겠어요."

우리는 주말에 그분 집으로 가서 세 번 정도 수지침의 기본적인 원리와 이론 그리고 수지침 놓는 방법을 배웠다. 우리는 그분이 주는 책과 수지침을 들고 바탐으로 이사했다. 남편은 그 책을 여러 번 정독한 후 음양오행을 이해하고 환자들이 오면 문진과 배꼽 아래를 눌러 진맥한 후 준비해 놓은 손바닥 그림에 점을 찍어 수지침을 꽂을 곳을 표시했다. 그러면 나는 그것을 받아 환자에게 침을 꽂았다. 돈을 받지 않고 침을 놔주니 매일 사람들이 늘어났다.

결혼한 지 몇 해가 지나도 임신하지 못하던 부인이 수지침을 맞고 임신이 되어 예쁜 아기를 낳았다는 소식을 보내오고, 숨을 쉬기가 고통스러워하는 천식 환자, 위가 아픈 사람, 머리가 아픈 사람 등 환자들이 와서 침을 맞았다.

어느 날은 어떤 이가 택시에서 내리더니 젊은 남자를 등에 업고 우리 집으로 들어왔는데 젊은이는 의식이 없었다. 어디서 소문을 듣고 왔는지 알 수 없는데 긴급한 상황이라 다시 그를 택시에 태워 병원으로 보내면서 마음이 아팠다. 좋은 병원도 없었지만 가난한 이들에게는 병원이 높은 벽이었다. 저녁마다 북적이는 환자들에게 침을 놓으며 엄마 아빠는 정신없었는데, 그 시간에 초등학교 1학년인 큰아이와 두 살씩 터울인 둘째와 셋째가 어느 구석에서 무엇을 했는지 생각이 나지 않는다.

바탐에 오고 일 년이 안 되어 장신대 신대원 학생들이 견습 선교사로 왔다. 우리 집에서 함께 지내기도 하고 선교관에서 따로 살기도 했다. 그리고 평신도 선교사인 유치원 교사들이 와서 같이 지냈다. 일 년 혹은 육 개월, 가장 짧게 삼 개월을 바탐에서 일하다 간 이도 있다. 삼십 년 동안 마흔한 명이 같이 살다 갔다. 둘 또는 네 명의 젊은이들이 함께 살면서 만들어 내는 이야기는 달콤하지만은 않았다. 한국에서 살 때 친하게 지냈던 친구가 한 공간에서 같은 일을 하면서 부딪쳤다. 서로에게 마음을 다쳐 다시는 얼굴을 보지 않겠다며 마음을 닫고 한국에 돌아간 사람도 있었다.

여름과 겨울방학이 되면 한국에서 청년들이 단기 팀으로 왔다. 대학생들, 직장에 휴가를 내거나 아예 그만두고 오는 청년들이었다. 매년 5팀에서 12팀이 왔다. 길게는 2주, 짧게는 이박삼일 동안 바탐에서 일했다. 수를 헤아리기 어려울 만큼 많은 이들이 와서 우리와 함께했다.

한국에서 만난 친구가 물었다.

"너희 선교사들은 가정부 두고 산다며?"

"응. 맞아……."

많은 것을 누리고 사는 것처럼 나를 바라보는 곱지 않은 친구의 시선에 말을 보태면 구차한 변명이 될 것 같아서 별다른 말을 하지 못하고 집에 돌아오면서 마음 한구석이 개운하지 않았다. 집으로 돌아와 남편에게 말했더니 남편이 말했다.

"그 친구에게 한 번 바꿔서 살아보자고 하지!"

"아! 맞네. 왜 그걸 생각 못 했지?"

언어 공부하기 위해 간 반둥에 도착해서 슈퍼마켓으로 가서 필요한 물건을 사면서 대략 물가를 보니 채소는 싼데 고기와 생선이 비쌌다. 학교 수업이 없는 토요일이 되면 아침에만 열리는 시장에 가서 장을 봤다. 말을 하지도 알아듣지도 못해서 돈을 주고받는 것이 서툴렀다. 시장에서 일주일 먹을 채소를 잔뜩 샀다. 두어 달 동안 고기와 생선을 파는 쪽에는 아예 갈 생각을 하지 못했다.

인도네시아는 물가가 싸서 살기가 어렵지 않겠다고 생각했는데 생각지 못한 비용이 많이 들었다. 집세, 언어학교 학비와 다섯 명의 비자비가 들었다. 언어학교에서 학생비자가 안 돼서 방문비자를 받았는데 매월 연장할 때마다 수수료가 들었고, 육 개월이 지나면 해외에 나가서 방문비자를 재발급받고 들어와야 해서 싱가포르로 다섯 식구가 나갈 때 비행기 삯 또한 적지 않았다.

비자 때문에 싱가포르 한인교회 선교관에서 머물렀을 때 마침 성탄절인 적이 있었다. 유치부에 갔다 온 딸이 성탄절 발표회 때 하얀 드레스를 입고 오라고 선생님이 말했다며 드레스를 사달라고 했다. 드레스를 살 수 없는 형편을 아이에게 말한들 여섯 살 된 딸이 어찌 이해할 수 있으랴! 친구들처럼 예쁜 옷을 입고 율동하고 싶은 아이는 마음이 상해서인지 밤새도록 온몸이 뜨거웠다. 지금같이 신용카드가 있다면 긁으면 될 일이었다. 아픈 아이를 보며 안타까워하는 엄마의 마음과 아이의 간절함을 아신 하나님이 천사를 보내주셨다. 한 집사님이 하얀 드레스를 들고 오셨다. 열이 나던 딸이 그 옷을 입은 후 열이 내렸다.

삼십 년 전, 한국에서 생활비를 송금하면 이 주일이 지나서 도착했다. 두 달에 한 번씩 오는 생활비가 석 달이 지나도 오지 않을 때가 종종 있었다. 두 달이 되기가 무섭게 시내에 있는 한 은행에 가서 줄을 섰는데, 입금이 안 됐다는 직원의 말에 힘이 빠져 돌아오는 날이 많았다. 누구에게 연락해서 물어볼 수도 없었다.

선교사가 가정부를 쓴다고 하면 여유가 있어 누리고 사는 것처럼 보이지만, 사람을 써본 경험이 없는 우리는 도우미와 함께 한집에서 같이 먹고 사는 게 쉽지 않았다. 시골에서 갓 올라온 가난한 십 대 소녀는 글은 물론이고 시계를 볼 줄도 몰랐다. 새로 산 전기밥솥을 잘 씻는다고 통째로 물에 담그는 바람에 망가지고, 전화가 오면 받자마자 수화기를 제자리에 올려놓아 우리가 받으려면 전화가 끊겨있는 등 경험하지 않은 도시 생활에 익숙해질 때까지 에피소드를 만들어 냈다. 어린 나이에 남의 집살이를 하면서 얼마 안 되는 월급을 본인은 쓰지 않고 모두 고향 부모에게 보내 가족 생계를 유지하고 동생들을 공부시켰다.

언어와 문화에 익숙하지 않아 그들과 같이 살면서 오는 갈등이 많았다. 도우미가 그만두고 나가면 몸과 마음이 날아갈 것 같았다. 그러나 두 달이 지나면 몸이 맘대로 움직이지 않았다. 일 년 내내 고온다습한 여름 나라에서 도우미가 부족하고 일을 잘못해도 집안일을 도와주는 게 고맙고, 돈이 없어지고 물건이 없어져도 내가 그 친구보다 가진 게 많아 나누는 것이라 여기고 살았다.

젊은 날, 나는 어디로 떠내려갈지 알 수 없었다. 내 삶이 불안한데, 새로운 문화와 언어에 적응하고 살아내야 하는 것이 벅찼다. 아이들의 엄마로, 남편의 아내로, 견습 선교사나 단기 선교사의 언니로 살면서 주어진 일이 넘쳤다. 그래서 어느 것도 제대로 한 게 없었다.

이 나라 언어와 교육체계를 잘 모르면서 신학교와 유치원을 시작한 후 오는 어려움과 갈등, 넉넉한 적이 없는 생활비, 어느 것 하나 쉬운 것이 없는데 아골골짝 빈들이라도 주님이 원하시는 곳이면 가겠다고 기도했기에 괜찮은 듯, 힘들지 않은 듯, 아무렇지 않은 듯 살았는데 그렇게 살아야 하는 줄 알았다.

선교지에서 나그네로 살면서 지칠 때가 많이 있었다. 그래서 고향과 친구가 그리운 날이 있다. 그리운 사람들을 생각하며 한국행 비행기 안에서 행복한 나는 '선교사의 고향은 비행기 안'이라는 말을 실감한다. 비행기에서 내리는 순간 마중 나오는 이도 반갑게 맞이하는 이도 없다.

이제 영구 귀국으로 돌아온 고국은 너무 변해서 또 다른 나라다. 경제, 문화, 관습, 사람들의 생각이 아주 멀리 달려가 있다. 따뜻한 고향을 기대하고 돌아온 고국은 우리가 떠날 때 한국이 아니고, 그때의 사람이 아니다. 그리운 친구들, 보고 싶었던 사람에 대한 기대와 설렘이 사그라든다. 내 추억 속에 의미로 남아있는 그 사람에게조차, 나는 다른 이와 다를 것이 없는 의미 없는 존재라는 것을 깨닫게 될 때 가슴에 구멍이 하나 더 늘어난다.

어머니는 아들이 가난하고 풍토병이 많은 인도네시아로 떠나는 날, 아들에게 가지 말라는 말은 차마 하지 못하고 아픈 마음을 수건에 닦으셨다. 아들과 마지막이 될지도 모른다는 어머니였다. 아들이 선교사로 떠나고 빈 가슴에 걱정을 담고 사셨을 어머니를 뒤로하고 주저함 없이 비행기에 오를 때, 우리는 어머니의 마음을 헤아리지 못했다.

우리 아이들이 방학에 할머니와 함께 교회에 가서 예배를 드리는데 '나 주님의 기쁨 되기 원하네'를 '나 동찬이의 기쁨 되기 원하네'로 할머니가 바꿔 불렀다고 했다. 평생 아들을 바라보고만 사셨던 어머니. 가까이에 둘 수 없는 아들을 그리워하며 아들을 마음에 묻고 사신 어머니는 아들이 한국에 돌아오기 전 필사한 몇 권의 성경 노트를 남기고 천국에 가셨다.

삼십 년 된 나무가 다른 땅에 이목 되는 날부터 많은 일을 겪는다. 뜨거운 태양에 이파리가 떨어지고 목마름에 온몸이

모두 선물이었다

타들어 가다 거대한 폭풍우를 만난다. 사나운 천둥과 번개 그리고 벼락을 만나고 살을 에는 겨울의 한파를 겪어내야 한다. 우리는 선교지에 이목 되어 삼십 년 동안 견디고 뿌리를 내리는 법을 익혔다.

그 나라 언어와 문화를 배우는 것은 내 생활방식과 익숙한 언어와 문화를 접고 내려놓는 훈련이었다. 내 생각과 삶의 방식을 포기하는 것이 쉬운 것만은 아니었다. 그러나 커다란 아픔과 고통의 세월을 지나고 보니 어느새 우리는 고향 어귀에서 고향을 지키는 삼십 년이 된 정자나무처럼 그 땅을 지키는 선교사가 되어있었다. 죽을 것처럼 아팠던 날들은 정자나무를 위한 거름이었다.

인도네시아에서 받은 선물

바탐에 이사 온 후 오토바이를 장만했다. 경찰에게 딱지 떼인 그날은 처음으로 혼자서 조심스럽게 오토바이를 타고 시내 쪽으로 간 날이었다. 자전거를 탈 줄 알면 오토바이도 탈 수 있다는 남편이 오토바이 뒤쪽에 앉아 운전하는 방법을 가르쳐 주었다. 며칠 동안 집 앞 골목에서 연습하다 용기를 내어 혼자서 오토바이에 앉았다. 스쳐 지나가는 뜨거운 바람도, 이쪽저쪽에서 달려오는 차와 오토바이들이 모두 공포로 달려왔지만, 넘어지지 않으려고 정신을 바짝 세우고 앞만 보고 아슬아슬하게 갔다. 오토바이는 어느새 시내로 접어들었고, 좌회전해서 시장 쪽으로 들어섰는데 마침 그날 경찰들이 오토바이만 집중적으로 단속하고 있었다.

'아! 어쩌지? 일방통행이라서 돌아나갈 수도 없고.'

아니나 다를까 경찰이 나를 불러 세운 후, 면허증과 오토바이 등록증을 보여달라고 했다. 한국에서 만들어 온 국제운전면허증을 주머니에서 꺼내 보여주었는데, 오토바이 좌석 밑에 놔두었던 오토바이 등록증은 아무리 찾아도 없었다. 인도네시아는 잦은 차량 도난 사고로 오토바이나 차의 등록증을 경찰이 요구하면 보여줘야 한다. 도로에서 신호를 기다릴 때 고압적이고 권위적인 이 나라 경찰관은 사람을 두렵게 한다. 무서운 경찰에게 딱 걸렸다. 경찰은 내 면허증을 압수하고 딱지를 떼어준 후 며칠 후에 법원으로 오라고 했다. 후들거리는 다리로 오토바이를 몰고 집까지 돌아왔는데 용기가 가져다준 선물은 달콤하지 않았다.

태어나서 처음으로 법원에 갔다. 법원은 작고 허름한 단층 건물에 방이 몇 개 있는데 방에는 판자로 만든 긴 의자가 여러 개 놓여있고 방마다 사람들로 가득했다. 언어 공부를 마치고 바탐에 온 지 얼마 안 된 내가 어설픈 인도네시아 말로 법원에서 혼자 일을 처리하려니 쉽지 않았다. 이 방 저 방을 기웃거리며 내가 가야 할 방을 물으니 직원이 내 이름이 뭐냐면서 자기가 다 처리해서 면허증을 집에 가져다주겠다고 했지만, 나는 방을 찾아갔다.

방에 모인 사람이 이백여 명쯤 되는 것 같은데, 판사가 이름을 부르면 앞으로 나가 벌금형을 받았다. 얇은 나무판으로 만든 긴 의자에 앉아 내 이름이 불리길 기다리는데 의자가 덜덜거렸다. 옆에 앉은 청년이 몸을 떨어서 몇 사람이 앉은 의자를 진동시켰다. 그날 온 사람들은 젊은 청년들이 대부분인데 그들은 일거리를 찾아 바탐에 왔지만, 일거리를 얻지 못하고 업자에게 오토바이를 빌려 운전면허 없이 영업하다 걸린 젊은이들이었다. 돈이 있는 사람은 이미 현장에서 경찰에게 돈을 주고 처리했고, 법원에 앉아있는 이들은 가난한 사람들이다. 오토바이를 경찰에게 압수당해 영업하지 못하면서도 주인에게는 임대료를, 나라에는 벌금을 내야 하는 그 젊은이의 온몸을 그렇게 떨게 만든 것은 가난이었다.

판사가 내 이름을 불러 앞으로 나가 서자 벌금형을 내렸다. 벌금을 내려고 바로 옆에 앉은 회계담당자에게 갔더니 외국인이라서 그들의 말을 알아듣지 못한다고 생각했는지 판사가 내린 벌금보다 두 배를 요구했다. 법을 집행하는 법원에서 대낮에 아무렇지도 않게 악법을 행하는 사람들. 되는 일도 없고, 안 되는 일도 없다는 이 나라에서 불의와 타협하지 않으면서 사는 것은 쉬운 일이 아닌데, 가진 것이 없는 사람들과 함께 지낸 삼십 년의 날들이 은혜였다.

우리가 선교지로 간 지 얼마 안 돼서 인도에서 선교하는 여성 선교사가 우리를 방문한 적이 있다.

"나는 그 사람들이 너무 싫어요. 그곳에 다시 돌아가고 싶지 않아요."

선교사님은 오랜 시간 선교사로 살면서 현지인 동역자에게 배신당하고 어려웠던 일을 이야기하면서 수도꼭지를 틀어놓은 것처럼 울었다. 선교사님은 그렇게 마음을 덜어낸 후 말했다.

"그래도 가야죠. 하나님이 부르신 자리로 돌아가야지요."

선교 초년생인 나는 그 말을 다 이해하지 못했는데, 선교사로 살면서 그분의 말을 실감했다.

어느 날 우리 집에 찾아온 사람이 있었다. 노동부 신문 기자라고 자신을 소개했다. 남편이 다른 지역으로 출장 가고 혼자 집에 있는 날이었는데 그 사람은 내가 발을 옮길 때마다 따라다니며 사진기를 눌렀다. 대문을 열고 들어오지는 않았지만, 대문 밖에서 집 안에 있는 내가 움직일 때마다 쫓아다녔다. 내가 잘못한 것도 아닌데 기자가 날마다 집으로 와서 사진을 찍으니 긴장되고 압박감이 몰려왔다. 한 유치원 교장이 퇴직하면서 학교에 비리가 있는 것처럼, 그것을 신문에 폭로하려는 것처럼 꾸며 기자를 보내서 협박했다. 퇴직금을 더 받으려고 괴롭혔다.

거대한 꿈이 있었던 것도, 돈이 있어서도 아니고, 교실과 선생님만 있으면 아이들을 교육할 수 있겠다는 단순한 생각으로 학교를 시작해 신앙교육과 공교육의 장을 만들어 주려는 목적으로 학교가 없는 가난한 동네에서 한국 교회의 도움으로 학교를 시작했다. 가난한 아이들이 내는 학비로는 선생님의 월급을 채울 수 없었다.

처음 시작한 유치원은 아이들에게 놀이 교육이 아닌 문자와 숫자를 가르치는 교육이 전부였다. 기본적인 유아교육에 대해 선생님에게 설명해서 놀이교육으로 전환하고 싶었지만, 선교사인 나는 현지 언어가 짧고, 그런 교육을 받은 적도, 본적도 없는 선생님들은 놀이교육을 이해하지 못했다. 그래서 내가 배운 것을 내려놓고 학교의 운영은 모두 교장에게 맡겼다. 아무리 좋은 생각이 있어도 기다려 주고, 내 생각과 방식이 어디서나 옳은 것이 아니라는 것도 알았다.

어떤 일이든 시작하면 되는 줄 알았다. 바탐이 개발되면서 젊은이들이 전국 각지에서 몰려왔다. 사회 간접 시설은 물론 학교도 부족했다. 그래서 학교를 시작했다. 선교지의 언어와 문화를 충분히 이해하지 못하면서 학교를 시작해서 많은 시행착오를 겪었다. 선교사가 헌신하고 좋은 일을 하면 모든 게 잘될 줄 알았다. 함께 일하는 현지인들이 기꺼이 도와주고 고마워할 줄 알았다. 그러나 학교를 시작해 보니 현실은 달랐다. 재정이 부족해서 오는 어려움은 작은 것이었다. 학교마다 일 년 결산 회계 감사를 하면 학교 재정에 구멍이 있었다. 회계담당자나 교장이 이중장부를 만들어 돈을 유용했다.

고등학교를 시작할 때 교장과 교사를 모시는 것이 쉽지 않았다. 선생님을 모셔오기 위해 '메단'이라는 도시로 가서 사범대학을 졸업하는 젊은이들을 면접하고 모셨는데, 그다음 해부터 인도네시아 정부가 공립학교 선생님들의 월급을 인상하고, 처우를 개선해서 실력 있는 교사들은 자격시험을 통과해서 공립학교로 빠져나갔다.

모두 선물이었다

고등학교에 교장으로 모신 분은 사범대를 졸업한 후 신학을 공부하고 어려운 지역에서 개척교회 하는 목사님이었다. 그 목사님 교회를 오랫동안 도우면서 지낸 사이인데 교장직을 퇴직할 때는 매일 찾아와 진을 뺐다. 초등학교 외에 자립하는 학교가 없어서 재정적으로 허덕일 때였다. 평소에는 관계가 좋고 훌륭하게 여긴 사람일지라도 돈 앞에서 마음이 보였다. 끊임없이 요구하고 받아도 감사를 표현하지 않았다.

선교사는 좋은 일을 하는 것과는 별개로 약자다. 불의한 일을 당해도 견디고 참아야 한다. 법으로 해결하려면 절차대로 하지 않을 뿐 아니라 가는 곳마다 돈을 요구해서 더 복잡해진다.

인도네시아에 와서 처음 오 년 동안 입에 달고 다닌 말이 있다.

"이 사람들 왜 이래?"

젊은이들은 공장에서 월급을 받으면 월급을 다 쓸 때까지 일하러 가지 않고, 밤마다 늦게까지 기타를 치며 노래하는 베짱이들이다. 이웃집 오디오에서 가요가 아침부터 동네가 떠나가도록 흘러나오고, 은행이나 관공서에서 줄을 서서 기다리면 줄이 줄어들지 않는데 새치기하는 사람들 때문이다. 다른 지역으로 이동할 때 비행기 탑승을 기다리면 한두 시간은 기본이고 몇 시간씩 지연이 되는데도 안내 방송이 없었다. 매달, 비자 연장을 위해 이민국에 가면 한나절 앉아있다 돌아오곤 했는데 서류 밑으로 돈을 건네지 않으면 공무원들이 일하지 않았다.

　인도네시아는 일 년을 우기와 건기로 나눈다. 일 년 내내 체감 온도가 평균 35도 정도 된다. 그래서 농촌의 논에는 추수와 모내기를 동시에 한다. 어디서든지 잘 자라는 바나나, 파파야, 야자 열매를 일 년 내내 먹을 수 있고 석유, 가스, 천연고무, 니켈, 구리, 금 등 천연자원이 땅속에 가득하다. 화산이 폭발하고, 지진이 자주 일어나서 땅이 비옥해 어떤 나무든 잘라서 꽂기만 하면 뿌리를 내린다.

　경쟁하지 않고 일을 열심히 하지 않아도 먹고 사는 데는 어려움이 없는 사람들이다. 오늘 못 하면 내일 하면 되는 그 사람들은 더운 날씨에 적응하고 살면서 급한 게 없고 온순하다. 가난해도 여유가 있고 낙천적이다. 자원이 없고 사계절이 있어 오늘 모내기하지 않으면 추수 때 결실을 걱정해야 하는 우리와 다르다. 그래서 사람들이 우리나라가 잘사는 것이 기적이고, 인도네시아가 못사는 것도 기적이라고 한다.

　그 나라에서 좌충우돌 부딪치면서 내 경험이나 내가 살았던 방식이 더 옳은 것이고 당신들이 틀렸다는 생각이 어느 순간 사라졌다. 그 나라에는 사람들이 술에 취해 길거리에서 뒹굴거나 자는 사람이 없다. 길에서 큰소리를 치거나 싸우는 사람도 없다. 다른 사람에게 화를 내지 않을 뿐 아니라 참견하지 않는다.

여러 개 붙어있는 3층 상가주택 세 동을 예배당과 선교관으로 사용하기 위해 모든 벽을 깨고 계단을 부수는 작업을 일 년 넘게 할 때 먼지와 소음이 많았다. 그래도 옆으로 붙은 집과 앞뒤에 마주한 집에 사는 사람을 만나면 싫은 표정이나 불편한 이야기를 하지 않았다. 옆집이 공사할 때 견뎌준다.

그들은 약속 장소에 늦게 오거나, 오지 못했을 때도 미안해하지 않았는데, 나 또한 늦거나, 가지 못하는 일이 생기더라도 괜찮았다. 그들은 자신에 대해 관대한 만큼 타인에 대해서도 관대하다. 그래서 실수해도 괜찮았다.

이제는 인도네시아 땅이 우리 어머니의 품 같이 여겨질 때가 있다. 급할 것도, 경쟁할 것도 없는 그곳에서 살면서 누군가에게 비교당하지 않고 존중받았고, 나 또한 그들을 존중하며 살았다.

"저 사람이 당신의 왼쪽 팔이 문제가 있는 사람이라고 생각했겠어요."

고속도로를 빠져나오면서 우리는 서로 바라보며 웃었다. 한국에 와서 고속도로를 빠져나오면서 통행료를 내려고 할 때, 양복을 입은 남편은 오른팔을 왼쪽으로 겨우 뻗어 어렵게 요금을 냈기 때문이다.

처음 인도네시아에서 대중교통을 타고 마지막 정거장에서

내리면서 차비를 낼 때, 차장이 화난 얼굴로 나를 뚫어지게 쳐다봐서 당혹스러웠는데 내가 왼손으로 차비를 내밀고 있었다. 언어학교 선생님이 "다른 사람에게 물건을 건넬 때 왼손을 사용하지 말라"고 몇 차례 강조하며 가르쳐 주었다. 그러나 인도네시아에 온 지 얼마 안 된 터라 습관대로 왼손을 내밀고 말았다. 그 사람들은 왼손을 부정한 손이라고 여긴다. 용변을 본 후 화장지가 아닌 물을 한 바가지 떠서 왼손으로 처리한다.

나는 선교지에서 살면서 비로소 내 안에 존재하는 잣대를 보았다. 그 잣대로 모든 것에 갖다 대면서 조금 길거나 짧으면 틀렸다고 했는데 문화, 언어, 인종이 전혀 다른 그 땅에서 살면서 내가 지닌 잣대가 완전한 것이 아니라는 것을 알게 되기까지 많은 시간이 걸렸다. 한 뼘만큼 커지기도 하고 줄어들기도 하는 잣대는 그곳에서 살면서 그 사람들로부터 받은 선물이다.

모두 선물이었다

결핍이라는 선물

우리 아이들이 이미 장성해서 각자 가정을 이루고 사는데 아직도 하는 말이 있다.

"우리는 결핍이 있어요."

지난 시간을 돌아보면 엄마로서 부족한 게 많았다. 부모로서 아이들에게 최선을 다한다고 했지만, 가정이나 자녀 우선이 아닌 소명을 따라 살았다. 그래서 아이들이 어릴 적 함께 살 때도 아이들에게 충분히 채워주지 못한 게 있다. 아이들이 중학생이 되면서 한국에 있는 기숙사가 있는 학교에 갔다. 바탕에서 현지인 학교에 다니던 우리 아이들을 위한 최선이었다. 그 선택이 아이들과 부모인 우리에게 돌이킬 수 없는 아픔을 주었지만, 지금 다시 선택해야 할 시간이라면, 아마도 다른 선택을 하지 못할 것이다. 다른 선택지가 없었다.

아이들이 경험한 것은 재정 결핍이었다. 당시 아이들에게 충분한 용돈을 주지 못했다. 학교 친구 중 용돈이 가장 적었다고 했다. 아이들은 지금도 돈을 달라는 말을 하지 못한다. 아이들에게 엄마와 아빠는 돈이 없는 사람이다. 아이들이 방학에 집에 오면 말했다.

"다른 선교사님들도 엄마 아빠처럼 사는 줄 알았어요. 그래서 엄마와 아빠를 존경하게 됐어요."

두 번째 결핍은 부모의 부재였다. 큰아이가 중학교 3학년 때 한동대에 선교사 자녀학교를 개교해서 큰아이와 둘째가 함께 학교에 입학했다. 중학교 1학년인 둘째는 밤이 되면 엄마가 보고 싶어서 이불 속으로 들어가 숨죽이고 울었다고 했다. 눈병이 기숙사에 돌았을 때, 눈병이 난 아이들이 집으로 돌아가는 것을 보면서 눈병 나게 해달라고 기도했다는 아들이다. 막내도 중학교 1학년 때 그 학교에 들어갔는데, 힘든 학교생활로 인해 통화할 때마다 울었다. 아이들이 아파서 누워있다고 할 때, 여러 가지 갈등으로 마음이 힘들어할 때 한국으로 달려갈 수 없는 것이 나는 고통스러웠다. 내가 할 수 있는 것이라곤 새벽마다 무릎을 꿇는 일이었다.

아이들이 십 대 질풍노도의 시간을 기숙사에서 다른 나라에서 온 선교사 자녀들과 함께 살았다. 한국에서 살았던 선생님들은 너무 다른 행동을 하는 선교사 자녀들이 이상했고, 한국 문화를 모르는 아이들은 선생님이 이상했다. 선교지에서 살다 온 아이들에게 한국은 또 다른 외국이었다.

입학했던 아이들이 한 학기를 보내고 학교를 그만두었다. 학생들과 부모에게 이 학교는 희망이 없어 보였다. 처음으로 선교사 자녀들을 모아 교육하는 학교라서 갈팡질팡했지만, 하

모두 선물이었다

나님이 우리 아이들을 위해 세우신 학교라는 믿음이 있었다. 어려운 상황에서 견딜 수 있었던 것은 이 믿음 때문이었다. 그렇게 우리 아이들은 그 중학교와 고등학교를 마쳤지만, 가까이에서 부모의 지지와 격려가 필요한 아이들에게 부모의 부재는 결핍이었다.

세 번째는 정체성 결핍이다. 고등학생이 된 아들이 사람들이 많이 모인 집회에 참석했다. 아들은 앞자리에 앉기 위해 일찍 집을 나갔는데 얼마 안 돼서 돌아왔다. 무슨 일이 있었는지 물었더니, 사람들이 손을 들고 뜨겁게 찬양하고 기도하는데, 갑자기 나는 누구인지, 내가 왜 여기 서 있는지, 그들과 너무 다른 사람인 것 같아서 계속 있을 수가 없어서 돌아왔다고 했다. 아들은 자기 안에 큰 구멍이 있는 것 같다고 했다. 세 살에 인도네시아에 가서 유치원과 초등학교에 다녔던 아이는 외형은 한국 사람이지만, 정서적으로나 문화적으로 한국에 속하지 못하는 이방인이었다.

성경에 나오는 인물 중 결핍을 경험한 사람이 모세일 것이다. 모세는 이집트 왕궁에서 살면서 나라에서 제일 좋은 선생님으로부터 교육받고, 좋은 환경에서 부족함이 없이 자란 왕자라고 생각하지만, 성경을 들여다보면 모세의 왕궁 생활이 행복했는지에 대해 의구심이 들게 하는 장면이 여러 개 있다.

마흔 살이 된 모세가 왕궁 밖으로 나갔을 때, 고되게 노동하는 이스라엘 동족을 이집트 사람이 치는 것을 보고, 그 이집트인을 쳐죽인 후 모래 속에 감췄다. 모세 내면의 분노가 동족이 당하는 아픔에 투영되는 순간 폭발하면서 살인자가 되고 도망자의 삶을 살았다.

모세는 어릴 때 공주의 아들로 입양되었지만, 피부색과 생긴 게 달랐다. 백조들 속의 오리 새끼였다. 그는 왕궁 밖, 이스라엘 노예의 아들이었다. 왕궁에서 같이 지내던 왕자들이나 공주들에게 왕따를 당하고 멸시받으며 생활했기에 어릴 때부터 그에게 싹튼 것은 분노였을 것이다.

미디안 광야로 도망간 모세가 여든 살이 되었을 때 장인 이드로의 양 떼를 쳤다. 장성한 아들을 둘을 둔 아버지였지만 사는 것이 무의미하고, 어떤 일도 재미없어 삶이 흘러가는 대로 살았다. 그날 하나님이 모세에게 이스라엘 백성을 이집트에서 인도하여 내라고 부르실 때 모세는 단번에 말했다.

"NO!"

그는 자기 자신을 믿지 못할 뿐 아니라 사람이 두려웠다. 그래서 입이 뻣뻣하고 혀가 둔하다며 하나님의 부르심을 거절했다. 여든 살, 할아버지가 되었지만 어릴 때 경험한 아픔과 상처로 인해 자존감이 낮고 사람이 무서웠다. 왕이 된 바로는 모세와 어린 시절 같이 지내면서 모세를 멸시하고 놀리고 왕따를 시켰던 장본이었기에 모세는 그의 앞에서 말하는 것이 두려웠을 것이다.

모두 선물이었다

나는 어릴 때부터 이 성경을 읽을 때마다 전능하신 하나님이 단번에 바로의 마음을 움직이지 않고 열 가지 재앙을 내리고 또 바로의 마음을 강퍅하게 했다는 말씀을 이해할 수 없었다. 그러나 열 가지 재앙은 모세를 위한 것이었다. 모세는 재앙을 통과할 때마다 전능하신 하나님을 만났다.

네 번째 재앙인 파리가 온 땅에 가득해서 고통스러울 때 바로는 말했다. "하나님께 제사를 드리되, 너무 멀리 가지 말고 이집트 안에서 하라"고 했다. 그때 모세의 입이 열렸는데 "그리함은 부당합니다"였다. 어린 시절 무수하게 경험한 부당함이 그의 입에서 튀어나왔다. 네 번째 재앙 이후 모세는 아론의 입을 빌리지 않고 바로와 대면했다. 열 가지 재앙은 모세가 전능하신 하나님을 만나는 문이었고, 하나님을 만난 모세는 변했다.

인도네시아는 350년 동안 네덜란드의 식민 지배를 받았다. 이 사람들에게 특유한 문화가 있다. 어떤 것도 책임을 지지 않고, 잘못을 시인하지 않을 뿐 아니라 모른다고 말하지 않는다.

430년 동안 이집트에 살면서 노예로 전락한 이스라엘 백성에게 생긴 것은 원망과 불평이었다. 그러나 모세가 40년 동안 왕궁에서 경험한 결핍은 노예로 살았던 백성을 품을 수 있는 자리를 갖게 했다. 금송아지를 만들어 섬긴 백성의 죄를 용서해 주시고, 차라리 내 이름을 기록한 책에서 지워달라고 그는 하나님께 기도했다. 모세는 그런 사람이었다. 그가 어린 시절 경험한 결핍은 원망과 불평을 일삼는 이스라엘 백성과 광야에서 40년을 살아야 할 지도자에게 없어서는 안 될 자질이었다.

내 삶을 돌아보면 어린 시절부터 상처 많은 아버지로부터 받은 상처로 인해 집중하지 못했다. 그래서 공부 못하는 열등한 아이였다. 날마다 양식을 걱정해야 하는 가난. 세상에는 밝은색은 없고 잿빛만 존재했다. 희망이라는 게 보이지 않았다. 십 대에 사는 게 무거워 두통을 달고 다녔다. 그러나 내 결핍의 자리에 그분이 들어오신 후 동병상련이라 했던가? 아픈 아이, 어려운 사람들이 보였다. 복음을 전하고 그들과 함께 지낸 것도 내 어린 시절에 생긴 결핍이 준 선물이다. 결핍이 많은 우리 아이들을 생각하면 내 마음 한 켠이 아리다. 그러나 모세가 그랬듯이, 내가 그랬듯이 그 결핍이 아이들에게 좋은 선물이 되리라.

피니시 웰 *Finish well*

대학 3학년 여름방학 때, 그가 주소를 들고 하늘 아래 첫 동네에 있는 우리 집을 찾아와 이 사람이라면 어디든지 같이 갈 수 있겠다고 생각했다고 했다. 그와 결혼한 후 모험 같은 삶이 시작되었다. 가본 적도 없는 길, 연습하고 나선 길이 아니다. 길을 헤매기도 하고, 길을 잃어버린 적도 있고, 길이 보이지 않아 돌아간 적도 있다.

나에게 주어진 삶이라는 캔버스에 그려진 화려한 그림, 잿빛 그림, 평화로운 그림, 상처로 얼룩진 그림이 잔뜩 그려져 있는데 귀하지 않은 게 없다. 나만의 작품이기 때문이다.

선교사로 부르심에 대해 확고한 소명이 있었던 것은 아니지만, 하나님이 부르시면 어디든지 가고 싶었고, 남편을 부르신 하나님이 나도 부르셨기에 남편이 가려는 길을 같이 나섰다. 그곳이 도시든 시골이든 한국이든 한국 밖이든 하나님이 부르신 자리에서 목회자의 아내로서가 아니라 그분의 자녀로 살고 싶었다. 한 번밖에 없는 삶을 가치 있게 살고 싶었다. 그래서 어떤 길이든 두려움보다는 설렘으로 나섰지만, 낭만적이거나 쉬운 것이 아니었다.

인도네시아에 와서 가장 어려웠던 때는 처음 오 년이었다. 엄마 손이 필요한 어린 우리 아이들을 돌보는 것만으로도 벅찼다. 인도네시아 말이 어눌해서 사람과 의사소통이 안 되고, 물건을 사는 것과 대중교통 이용도 쉽지 않았다. 새로운 언어와 문화, 사람들, 그리고 일 년 내내 더운 기후에 적응하며 살아야 하는 것도 만만치 않았다. 그 땅에서 살아남기 위해 애쓰고 산 세월이었다. 오 년이 지나면서 언어도 익숙해지고 그 나라 문화를 이해하면서 내가 옳다고 해서 그들이 틀린 것이 아니라는 것을 알게 되었고, 내 삶의 방식과 문화를 내려놓고 그들의 삶의 방식을 수용하면서 그 땅에 사는 것이 편해졌다. 이제는 그곳이 고향 같고 음식도 맛이 없는 게 없고 그 사람들이 좋다.

인도네시아에 살면서 한 일은 나무를 심고 사람을 키웠다. 학교 운동장 주변과 농장에 단기 선교를 온 청년들과 함께 땅을 파고 나무와 잔디를 심었다. 자연은 사람을 치유해 주기에 지친 사람들이 와서 힘을 얻도록 수천 그루의 나무를 심었는데 그 나무들이 세월을 먹으면서 큰 나무가 되었다.

흙이 없는 곳에는 화분에 나무를 키웠다. 뜨거운 태양이 쏟아지고 비가 내리지 않으면 나무는 마르게 되고 이파리를 떨어뜨리고 만다. 마른 나무를 발견하고 물을 부어주면 실오라기 같이 가는 생명이라도 붙어있는 나무는 싹을 틔웠다. 생명은 질기고 쉽사리 꺼지지 않았다. 사람이 한 번밖에 없는 생을 포기할 수밖에 없는 것은 그에게 물 한 바가지를 담아 부어주는 이를 만나지 못해서일 것이다.

우리가 그 땅에서 학교를 시작하고 교회를 개척해서 사람을 키운 것이 선교사로서 가장 보람 있는 일이었다. 학생들에게 최소의 학비를 받고 한국 교회의 도움으로 가난한 아이들을 키울 수 있었다. 가난은 대물림되지만 교육은 사람이 발돋움하는 발판을 만들어 주기에, 꿈을 꿀 수 없는 아이들이 기독교 학교에서 양육되어 자신들의 꿈을 이룬 사람으로 성장했다.

25년 전 교회를 개척할 때 바탐이 도시화 되면서 주변의 작은 섬에서 살던 중국계 인도네시아 사람들이 무작정 바탐으로 몰려왔다. 부모를 따라온 아이들은 고단한 삶에 지친 부모에게 충분한 사랑을 받지 못했다. 가정이나 학교, 동네의 문제아였다. 우리는 그 아이들과 함께 지냈는데 교회를 나와본 적이 없는 그 아이들이 예수님을 만났다. 이제는 가정을 이루고 자녀들과 믿음의 가정을 이루고 산다.

스티븐과 핀센은 형제이다. 이 형제가 어느 날부턴가 교회에 왔다. 아버지는 나이 많은 싱가포르 사람이고, 엄마는 정신적인 질환이 있어 아이들이 열 살이 넘어도 학교에 가지 못해 글을 읽을 줄 몰랐다. 이 형제를 초등학교에 데리고 가서 일 학년에 입학을 시켰는데, 이제 동생인 핀센은 한 학년 월 반을 해서 중학생이 되었고, 형인 스티븐은 나이가 열일곱 살인데 초등학교에 다닌다. 스티븐은 부끄러워 학교 밖에서는 중학교 교복으로 갈아입고 다닌다면서 초등학교는 어렵지 않은데 중학교에 가서 공부를 따라갈 수 있을지 모르겠다고 걱정하는 아이다. 회사에 취직해서 매니저가 되고 싶은 아이다. 하나님을 만나고 미래를 꿈꾸는 아이들을 보면 우리를 그곳으로 보내신 아버지께 감사하고, 보람을 느낀다.

우리는 위대한 일, 큰일을 이루는 선교사는 못 돼도 나 같은 사람 한 사람을 키우고 싶었다. 그가 이 세상에 별이 되는 날, 어두운 밤, 길을 잃은 이가 그 별을 보고 길을 찾아가게 될 것이기 때문이다.

내 그림은 실수투성이고 지우다 얼룩진 자국이 많다. 그러나 그림 속에 잘 드러나지 않는 것이 있다. 하나님의 손이다. 고통으로 숨을 쉴 수 없을 만큼 힘들 때, 어두운 절망의 나락으로 추락할 때, 오해와 갈등으로 찢긴 때, 그때마다 나를 붙들고 있는 손이 있다. 아버지의 손이다. 눈에 쉽게 들어오지 않지만 그림을 확대하면 그 손이 캔버스에 가득하다.

2022년 10월. 우리는 한국으로 영구 귀국했다. 지난 삼십여 년 선교사로 살았던 날들이 아픔과 어려움이 없었던 것은 아니지만 행복했다. 젊은 날, 부르신 자리에서 하고 싶은 일을 좋은 사람들과 맘껏 했다. 내게 주어진 자리에서 최고는 아닐지라도 최선을 다하며 살았다.

밀림이었던 땅에 길이 나고 포장되어 차들이 즐비하게 다니고, 건물이 들어서고 도시로 변하는 과정을 보면서 삶은 더 나은 것을 향해가는 희망이라는 선물도 받았다. 함께 지낸 사람들, 다니던 골목길, 길가에서 먹었던 음식이 그리운 날이 오겠지만, 이제는 지난 과거와 화해하고 미지의 미래가 손을 잡아줄 것이기에 앞으로의 날들이 기대된다.

바탐을 떠나는 날, 짐을 넣은 가방 무게를 쟀다. 팬데믹이 막바지로 다가오면서 요동치는 비행기 삯을 조금이라도 아껴보려고 태국을 경유하는 표를 샀는데 한사람이 가져갈 수 있는 짐이 15kg, 손에 들고 비행기를 타는 조건이었다. 그래서 선교지를 떠나는 날 가방 두 개에 꼭 필요한 것만 넣었다. 선교지로 갈 때 유일하게 가져갔던 책들과 삼십여 년 동안 정들고 아꼈던 것들을 가방에 넣을 수 없었다. 값진 것이나 애지중지 여기던 것들이 떠나는 날이 다가올수록 짐이었다. 우리 생의 마지막 날엔 가져갈 수 있는 게 없다.

선교지를 떠날 때 가장 마음이 쓰인 것이 부동산이었다. 바탐에 살면서 빈 땅을 보면 기도했다.

"하나님, 이 땅을 주세요. 이곳에 학교를 짓든지 교회를 세우게 해주세요."

그래서인지 삼십여 년이 지나고 보니 많은 땅을 소유하게 됐다. 학교나 신학대학 그리고 선교관 부지는 법인으로 등록되어 있어 마음 쓸 일이 아니었지만, 한 교회 집사님들이 헌금해서 사놓은 땅 6헥타르(18,000평)가 있었는데, 우리가 떠나면 후배 선교사들에게 짐이 될 것 같아, 헌금한 분들과 의논해서 땅을 팔아 학교 법인으로 땅값을 귀속시켰다. 떠날 때가 되니 땅도 정리해야 할 짐이었다.

우리가 타던 자동차를 가져가지 말자는 남편이 고마웠다. 선교지의 재산은 교인들 혹은 가족일지라도 우리 개인을 위해서가 아니라 하나님께 드린 헌금이라는 생각 때문이다. 한국에 쌓아놓은 것이 있어서가 아니다. 지금까지 인도해 주신 하나님이 앞으로도 함께하실 것이기 때문이다.

삼십이 년 바탕에서 살았던 날들이 삼십이 일처럼 지나갔다. 살아온 날들이 날개를 달고 지나갔듯이 우리에게 남겨진 시간도 빠르게 지나갈 것이다. 우리는 마지막 날, 소유가 아닌 존재의 흔적을 보실 하나님 앞에 설 것이다. 이제 한국에 온 지 이 년이 넘었는데 선교지의 모든 것을 동역했던 선교사들에게 이양하고 떠날 수 있었던 것이 은혜다. 한국에 와서 선교지를 잊을 수 있어서 감사하다. 지금도 여전히 사람들이 우리에게 묻는다.

"선교지 생각나지 않으세요?"

나는 선교지에서 산 날들에 후회도 미련도 없다. 그곳에 사는 동안 내가 할 수 있는 최선을 다했다. 언젠가는 가고 싶겠지만 지금은 생각이 없다. 그곳 선교지 사람들과 연락하지 않는데, 동역했던 선교사들과 현지인 사역자들에게 혹여 짐이 되고 싶지 않기 때문이다.

한국에 오니 사계절을 품고 있고 계절마다 다른 날씨와 변화무쌍한 한국의 자연이 아름답다. 우리가 사는 집은 작은데, 우리 정원은 78.54km²다. 길을 건너면 북한산이 있다. 평생 다녀도 구석구석을 다 밟지 못할 만큼 크고 넓다. 언제든 가고 싶을 때 간다. 길이 망가지면 고쳐주고 험한 산길에는 계단을 만들어 주는 나라가 모두 관리를 해줘서 신경 쓸 일이 없다. 가서 즐기기만 하면 된다. 만약 내가 이 땅을 소유하고 있다면 마음이 얼마나 소란스러울까? 어떤 것이든지 누리는 사람의 것이다.

만나지 못했던 가족과 친구를 만나는 행복도 있다. 오 년 일찍 선교지를 이양하고 한국에 오길 잘했다는 생각이 든다.

남편은 은퇴를 앞두고 한국에 사는 이주민을 돕기 위해 필요한 자격증을 준비했다. 한국에서 지역사회와 일하려면 자격증이 있어야 한다. 우리가 삼십이 년 동안 타국에서 이방인으로 살았기에 이방인의 아픔을 안다. 그래서 나이가 더 들기 전에 한국에 사는 이방인들을 돕고 싶었다. 우리를 인도네시아에 선교사로 보내고 기도와 물질로 헌신한 한국 교회에 갚을 수 있는 길이라고 여겼다. 이 길은 또 다른 선교지고, 선교사로서 다시 시작하는 삶이다.

지난날은 마무리하고, 새로운 길에 발을 내디디면서 어떤 삶이 어떻게 펼쳐질지, 기대와 설렘이 가득하다.

2024년 5월 미국에서 공부하는 아들 졸업식이 있었다. 박사 과정을 시작하면서 이제는 공부가 직업이라고 말하던 아들의 박사학위 수여식에 참석하면서 감사와 미안한 마음이 교차했다. 실내 경기장에서 1,000명의 학생이 박사학위를 받았는데 그 가운데 앉아있는 아들이 자랑스러웠다.

인도네시아에서 초등학교에 다닐 때, 다른 선교사들이 우리 아이들이 인도네시아 현지인 학교에 다니는 것을 걱정했다. 영어 교육이 아닌 인도네시아어 교육을 하는 것이 아이들의 미래에 어떤 영향을 줄지 아무도 몰랐다. 우리가 자녀 교육을 방치하는 사람으로 여겨지곤 했다. 나도 잘 가고 있는 길인지 갈등했다. 다만, 아이들의 교육을 위해 선교사로 나온 것이 아니라는 생각을 했고, 그래서 선배들이 걷지 않은 길을 갔다. 우리가 아이들이 어릴 때 자주 했던 말이 있다.

"지금은 인도네시아가 가난하지만, 너희들이 크면 인도네시아가 발전할 거야. 그러면 너희가 지금 배운 인도네시아어가 반드시 쓰일 때가 올 거야."

아들이 미국 대학교에서 박사과정을 마치고 일본의 한 국제대학의 교수로 임용되었는데, 아들이 어릴 때 인도네시아에서 학교 다닌 것이 도움된 것 같다고 했다. 지금은 우리 눈에 보

모두 선물이었다

이지 않아도 어떤 것이든 내 자리에서 최선을 다하면 하나님이 최고의 것을 이루셨다.

아들에게 든든한 지원을 하지 못했다. 아들이 도움을 요청했을 때 한 달에 이십만 원을 보냈다. 일 년 지난 후 며느리가 번역하는 일을 하게 됐다면서 그만 보내도 된다고 했다. 자동차가 필요했지만, 아이들은 차 없이 살았다. 며느리가 하루 8시간씩 꼬박 앉아 번역하는 것을 보니 마음이 아팠다. 아이들 집에 머물면서 풍요로운 땅 미국에서 빈곤하게 살았을 아이들의 어려움이 느껴졌다.

아이들이 꿈을 꿀 때 아이들에게 할 수 있는 말은 이것밖에 없었다.

"네 믿음으로 가라. 엄마는 기도할게."

믿음은 바라는 것이 실상이 되게 하는 열쇠다. 믿음으로 내딛는 자는 하나님이 하시는 일, 내가 상상한 것보다 더 큰 일들이 실현된 것을 본다. 내가 할 수 있는 일은 아이들을 위해 기도하는 길밖에 없었다.

아들이 어려운 과정을 잘 마치고 하고 싶은 일을 하게 되어 기뻐하는 것을 보니 우리도 행복했다. 박사과정을 공부하는 동안 장학금으로 학비와 생활비를 학교로부터 받으며 공부하게 해주시고 아들이 원하는 공부와 연구를 맘껏 할 수 있게 길을 열어주신 아버지께 감사했다.

며칠 전에 성옥이가 집에 왔다. 성옥이는 올 때마다 먹거리를 한가득 들고 온다. 성옥이는 우리를 만나면 하는 말이 있다.

"그때 목사님이 생비량에 오시지 않았으면 저는 어떻게 됐을까요?"

피부가 유난히 하얀 성옥이는 그 동네 아이들이 그랬듯이 교회에 처음 나왔다. 교회에 나오면서 주일날에는 들꽃을 꺾어다 병에 담아 강대상에 놓던 고등학생이었다. 예수님을 만나 꿈을 꾸고, 좋은 남편을 만나 어린이집 원장을 하면서 자녀를 잘 키우며 살고 있다.

몇 해 전 성옥이가 친구들과 바탐에 여행 온 적이 있다. 우리를 만나고 싶었지만, 연락처가 없었던 성옥이가 묵었던 호텔의 현지인 직원에게 "김동찬 목사님 아냐?"고 물었다. 그 직원이 "모른다"고 대답했는데, 지나가던 한 사람이 돌아보면서 "내가 그 사람을 안다"고 하면서 남편의 전화번호를 주었다고 했다. 바탐에서 남편은 아브라함 킴으로 불렸다. 한국 이름을 현지인들이 부르기 어렵기에 현지 이름으로 바꿨는데, 그 사람이 남편의 이름을 듣고 전화번호를 주고 갔다. 지금도 그가 누구인지 모른다.

성옥이가 우리 집을 방문한 후 막내의 학비를 보내줬다. 막내가 호주에서 요리 전문학교에 다닐 때였는데 학비를 내야 하는데 방법이 없었다. 4개월에 한 번씩 내는 학비를 우리 생활비로 감당할 수 없었다. 그러나 어려울 때마다 딸에게 도움의 손길이 항상 붙어다녔다. 학비도 학비지만 호주는 방이 비싸다. 한 집사님이 새집으로 이사한 후, 방이 하나 남는다고 딸에게 같이 살자고 했다. 내 힘으로 안 될 때, 할 수 없을 때 하나님이 길을 열어주셨다. 그렇게 딸이 공부를 마친 후 본인이 원하는 곳에서 일했다. 지금도 그때 일이 고마운데 성옥이는 학비를 보낸 것이 생각이 나지 않는다고 한다.

"자녀 양육을 어떻게 했냐?"고 묻는 사람들이 있다.
"방목했어요."
목회자로 선교사로 살면서 아이들을 방목할 수밖에 없었다.
"계산해 보니, 엄마와 아빠가 우리에게 들인 돈이 그리 많지 않더라구요."
대학 다니던 아들이 한 말이다. 우리는 아이들을 위해 쓸 수 있는 재정이 없었다. 생활비가 넉넉한 적이 없었다. 돈이 생기면 일하고, 어려운 사람들이 보였다. 그렇게 지나고 지금에 와 보니 하나님은 내가 다른 사람과 나눈 것보다 더 많은 것을 주셨고, 우리 아이들에게도 그렇게 하셨다.
내 삶에는 아버지의 섬세한 지도가 그려져 있다. 중학교 때 삶은 우울했다. 그러나 중등부에 출석하면서 만난 분이 있는데 이 목사님이다. 십 대 초반인 우리에게 그분은 토요일과 주일예배 때 믿음에 대해 알려주었다. 그때 가르침 중에 가슴에 새겨진 말이 있다.

"살아도 주를 위해, 죽어도 주를 위해 죽는 삶이 가장 보람 있는 삶이다."

하나님의 존재에 대한 확신이나 믿음이 있었던 것은 아니었지만, 그때 막연하게 하나님을 위해 사는 삶이 가장 가치 있는 삶이라고 여겨졌다. 고등부 때 지도해 주었던 강 목사님은 인격적이고 겸손한 삶을 보여줬다. 고등부 졸업 후, 초등부 교사로 일하면서 만난 김 목사님은 교회 사역을 어떻게 해야 하는지 보여주었다. 목사님은 사십 대에 부름 받아 신학 공부와 교회 일을 하다 체력이 소진되어 한 번씩 쓰러지면 숨을 쉴 수 없었다고 했다, 그분은 죽을 각오로 하나님의 일을 하는 분이었다. 젊은 교사들인 우리도 한숨도 안 자고 함께 여름성경학교나 초등부 행사를 준비했다. 그래서 스물넷에 결혼한 후 지리산에 내려가 목회할 때나 선교사로 가서 사찰로, 교육전도사로, 목회자의 아내로 살 수 있었다. 한 교회에서 중, 고등부, 청년 시절에 만난 좋은 목사님들로 내 인생이라는 집이 견고해졌다. 그래서 나는 이렇게 살고 싶었다.

'주님이 원하시면 아골골짝 빈들이라도 가게 해주세요.'

젊은 날에는 앞이 보이지 않고, 가고 있는 길에 대해 확신이 없어서 걱정되고 불안했다. 잘 가고 있는지? 잘하고 있는지? 물음표를 달고 다녔다. 이제 삶을 뒤돌아볼 시간이 되어 지난 날을 보니 울퉁불퉁한 길, 구부러진 길이 있어서 좋았다. 그 길에서 하나님을 만나고, 살아야 하는 의미를 알게 되었다.

하나님은 내가 가장 어려운 지점에서 했던 기도만이 아니라, 작은 신음도 들어주셨다. 그리고 마음에 생각했던 것들도 이루어 주셨다. 그래서 나는 고백할 수 있다.

"아버지여, 내 잔이 넘치나이다!"

2022년 10월 13일 우리 부부는 선교지를 떠나 고국으로 영구 귀국했다. 빈 둥지가 되기 전 막내딸과 조금이라도 같이 살고 싶었다. 막내는 두 달 후 12월에 결혼했다. 막내딸이 신혼여행을 떠난 후 방을 정리하는데 써놓은 글이 눈에 들어왔다.

〈빈손〉

선교사 은퇴 후,
생활비 걱정하는 부부
32년
평생 근속한
무명의 노부부
자녀 셋 키운 나라에서
가져온 짐
단
한 상자.

사랑하는 부모 떠났다
다시 돌아오니

부모 없는 나라.
애지중지 키운 자식 없는
빈 둥지.

왜 그렇게
바보같이
살아오셨는지
속상한 마음.

내 나이 들어
두 분을 보니
세상은 꽃밭에서
돌을 골라내기 바쁜데
두 분은 돌 속에서
꽃을 피우는 삶을 사셨습니다.

인생의 선배님
빈손으로 돌아왔어도
그 삶을 동경하고 존경합니다.

빈손으로 돌아온
당신들로 인해
세상이 달라지길 소망합니다.

모두 선물이었다

에필로그

2019년 신종 바이러스가 출현했다. '코로나19'이다. 감염된 사람들이 죽었지만, 그 숫자가 너무 많아 장례를 치르지 못한 현장을 TV에서 연일 보도했다. 지금까지 경험한 적이 없는 이 바이러스는 닿기만 해도 감염이 된다는 말에 문밖으로 나가는 것이나, 사람을 대면하는 것을 두렵게 만들어 사람들을 집에 가두었다.

결혼하고 홀로 지낸 적이 없는 까닭에 당황했다. 그 시간이 고통이었지만, 처음으로 혼자 있는 시간을 마주하면서 오래전 부터 하고 싶었던 일, 삶의 이야기를 글로 썼다. 삼 년 동안 글을 쓰고 지우기를 반복하면서 아픔과 상처를 대면했고, 나와 함께하신 하나님을 만나는 시간이었다. 사람들과의 단절로 인해 갑갑하고 불안한 나날이었지만 글을 쓰면서 팬데믹이라는 긴 터널과 내 속에 자리 잡고 있던 화, 분노에서 빠져나오게 되었다.

지난 5월, 아들 졸업식을 마치고 나이아가라에 갔다. 배를 타고 강을 거슬러 올라가 떨어지는 폭포수 아래에 있을 때, 그 장엄함에 압도되어 나도 모르게 눈물이 왈칵 쏟아졌다. 거세게 떨어지는 물, 그 물이 어디에서 시작되고 어떻게 모여 거대한 물줄기로 떨어지는지 알 수 없지만, 내 삶에 부어주신 하나님의 은혜가 그랬다.

하루 세 번, 시간을 정해놓고 간절하게 기도하시던 어머니와 형제들, 딸처럼 여기며 평생 기도하신 장 장로님, 하루도 빼놓지 않고 기도하신다는 오 권사님, 후원 교회 성도들의 기도, 새벽마다 우리 아이들의 이름을 부르면서 기도한다는 분들. 보이지 않고, 어디서 드렸는지 알 수 없는 그 기도들이 모여 폭포수로 우리 삶의 현장에 임했다. 그래서 고백할 수 있는 것이 이것이다.

"나의 나 된 것은 오로지 주님의 은혜요, 기도하는 분들의 낙타 무릎 때문입니다."

나이아가라 폭포는 강하게 떨어지는 물의 힘 때문에 날마다 땅이 조금씩 깎여 지형이 바뀐다고 한다. 기도가 선교지의 지형을 바꿨다. 바탕에서 함께 수십 년을 동역한 동역자들, 견습 선교사들과 단기 선교사들, 방학마다 와서 복음을 전한 한국 교회 청년들이 같이 일한 선교사들이다.

모두 선물이었다

한국에 돌아와 갑작스럽게 목회자가 공석인 인천 앞바다의 대이작도 '계남교회'에서 일 년 삼 개월간 남편과 떨어져 혼자 살면서 교회를 섬겼다. 남편의 그늘에서 목회자의 아내로만 살았는데 목사라는 이름을 달고 교회와 교인들 그리고 마을을 섬겼다. 가기 전 두렵고 무서워서 잠을 이루지 못하는 나에게 주님이 말씀하셨다.

　　"정임아, 지금까지 고생해서 너한테 주는 선물이야!"

　　그래서 순종했다. 섬은 고독한 수도원이었다. 그러나 그 섬에 평생 살면서 오십 년 동안 교회를 지킨 할머니 할아버지들에게나 타지에서 온 젊은 교인들, 마을 사람들 그리고 누구보다도 나에게 특별한 시간이었다. 떠나는 날이 다가오자 마을 사람들이 "안 가면 안 되냐?"고 말렸다.

　　지금까지 내 삶에 나만의 이야기를 쓰게 하신 하나님이 앞으로의 날에 어떤 이야기를 삽입하실지 모르지만, 또 다른 이야기가 쓰여질 것이기에 삶은 언제나 기대와 기다림이 있는 선물이다.

2025년 1월

김 정 임

모두 선물이었다

초판 1쇄 발행 2025년 02월 17일

지은이 김정임
펴낸이 류태연

펴낸곳 렛츠북
주소 서울시 영등포구 문래북로116, 1005호
등록 2015년 05월 15일 제2018-000065호
전화 070-4786-4823 **팩스** 070-7610-2823
홈페이지 http://www.letsbook21.co.kr **이메일** letsbook2@naver.com
블로그 https://blog.naver.com/letsbook2 **인스타그램** @letsbook2

ISBN 979-11-6054-749-8 03810